星越峠

井野佐登

hoshigoe touge

Ino Sato

ふらんす堂

星越峠＊目次

星越峠

ここよりは各駅停車となる電車星越峠を越えて海見ゆ

生殺《せいさつ》とおおそれた

2003年5月28日

N先生の退任祝賀会で会ったI先生より手紙が来た。I先生は博覧強記のドクターでその教え惜しみをしない性格は誰からも好かれている。飲みながら企業の命運はナンバーワンよりもツーのほうが握っているというような話をされていた。

手紙には「その際の会話で生殺（せいさつ）与奪と言ったらあなたは『しょうさつ』と言い直しました。二度も言いましたが、どの辞書にも生殺《せいさつ》与奪しか書いてありません」と書かれていた。どの辞書にも書いていないというなら私の辞書にも無論ない。

「殺生《せっしょう》という読み方を覚えたあとに勝手に生殺《しょうさつ》と思い込んでしまったのでしょう。本日NHKの『プロジェクトX』を観ていたら誰か『おおそれたことを考えた』と言ったので、あれは『大《だい》それたこと』の間違いだなと思い辞書を引いたら『だいそれた』はありますが『大《だい》それた』はのっていないのです。確固とした信念で『おおそれた』とカメラに向かって言った人はどんな経緯で『だいそれた』を『おおそれた』と覚え違えたのでしょう。それにしても『プロジェクトX』のあのテーマソングはいいですね」

セイロン紅茶

2003年7月2日

　風間千寿子さんはハープシコードの奏者で、『紅茶と音楽のサロン』という本を書いて（合著）いる。初めて風間さんの演奏を聴いた日に講演会の講師をお願いしたことから知り合いになった。

　講演は「生きるちから、音楽のちから」という題で、蒲郡を含む各地での豊富な音楽療法の実践をもとにしたものだった。その中で「生きるちからを引き出す音楽は、地方により、人により違う。蒲郡のお年寄りは、ちゃらぼこの太鼓の音や三谷《みや》祭りの笛の音で生き生きする」ということを話された。

風間さんは私に紅茶をくださった。「あなたの紅茶の原点の味がするはずよ」「原点は必ずセイロン紅茶なのよ」と言う。

頂いた紅茶を飲むと、たしかに私が小学生の頃の紅茶の味だ。この苦さに覚えがある。私はセイロン紅茶を飲みながら若かった母を想った。以後、あらゆる紅茶を飲むたびに若い母を思い出す。そして紅茶を飲む時、私はたまゆら幸福になる。たとえば、矢車草の匂う紅茶を飲みながらもふと母を想うのだが、母と私を結びつけているのはやはりセイロン紅茶であると私は知っている。

三宮の時計

2003年8月6日

腕時計を初めて身に付けたのは高校生になった時。隣町へ電車で通うにはなくてはならないものだった。就職してからは自分の収入で買い、いろんな理由で買い替えてきた。

最近二回続けて腕時計を洗ってしまった。ひとつは和服の袖から見えても不似合いではないものをと買った細めのもの。数日見かけないなと思っていたら洗ったスラックスのポケットから出てきた。止まっていた。直そうか、捨てようか、迷って三週間ほど干しておいたが、捨てた。

さらに最近、取り込んだ洗濯物をたたみながらもしやと探ったら、あった。やはりスラックスのポケットから、三日前から見あたらなかった腕時計。あーあ。時刻は、その時腕にはめていた予備の時計と同じ。つまり動いていた。それは、阪神淡路大震災の四、五年前、小さな店が凭れ合うように続いている神戸の三宮駅のガード下で三千六百円で買ったものだった。洗った時計が正確に動いている。時計が動いていることと神戸の街が立ち直ったことと何の関係もないのに、なぜか私は唸った。さすが、三宮だ。

思い出のウィーン西駅

2003年9月16日

ザルツブルクへは郊外のウィーン西駅から列車に乗る。間違えて南駅には行かないこと。七年前、私は夏休みにウィーンへ旅行する夫と娘のためにプランを練っていた。夏は、オペラやコンサートの団員もバカンスをとるらしく、ウィーンではコンサートが少ない。『地球の歩き方ウィーンとオーストリア編』を読み、ザルツブルク音楽祭へ手紙を出し、国際郵便為替で代金を振り込み、ピアノのコンサートを一つ予約した。

仕事柄いつも私か夫かどちらかが家に残った。行かない私は旅行のプランを練ることだけに参加した。ウィーン滞在五日間のパック旅行の一日をザルツブルクに滞在と変えたのだ。

旅行から帰って来た夫と娘は言った。「ザルツブルクってオーストリアなんだね。列車に乗ってからパスポートを持っていないのに気がついたけど、ウィーンからザルツブルクへ行くのにパスポートは要らないんだって」

私はいつかウィーンに行きたい。行ったことがないのに私の思い出の地、ウィーン西駅で、発着する列車を眺めていたい。

夫が亡くなってからもうじき三年になる。

「準急」に乗って

2003年10月15日

十月一日に新幹線品川駅が開業した。「のぞみ」が大増発で、豊橋駅に何本もの「ひかり」がとまることとなり、豊橋駅ではお祝いをした。東京に行くのに便利になるねとニュースの画面を見ながら私は初めての長旅を思い出した。

朝乗ると夕方早く東京に着く東海道本線の準急に乗って、小学三年の私はふたりの姉と東京の伯母さんちへ一週間の逗留に行ったのだ。準急は安城に停まったので子供でもついと乗れたし、急行運賃が要らないのだった。母は私達に駅弁を買ってもよいと許可を与えていた。中学二年の上の姉には、こまごまとした注意を与えたのではないかと思う。駅弁を何時頃どの駅で買うかは、東京駅のホームで無事に伯母さんの迎えに出会えるかどうかの次に大事なことだった。母は私達に時刻表を持たせた。「浜松に着いたら表の浜松というところを見る、静岡の駅では表の静岡を見れば今何時ってわかるよ」。私達は時計を持たなかったけれど、時々駅の名前を確かめて時刻を知りながら無事に東京に着いた。いい時刻に駅弁にもありついた。

「準急」という言葉の生きていた時代だった。

そしてキセルは落ちていた

2003年11月19日

娘がツバメの雛を抱いて下宿から帰って来た。拾った時は全くの生まれたてだったらしい。娘の携帯電話の画面には拾ったばかりの雛が映っていた。眼はつむり開けた口が顔の三分の一を占め、濡れたような黒い短い毛が全身に生えていた。その一、二ヶ月後、娘はカラスを連れて帰ってきた。スーパーの買い物籠をひとつ無断借用して傷ついたカラスを入れてきたのだ。

私は聞いた。「あなたはよく子供のときからカラスや鳩や野鳥の雛も拾ってきたけど、どうして私は何も拾わないのに、あなたの前にはそういう鳥が落ちているんだろうね」。娘は答えた。「これはね、偶然ではないんだよ、私はいつも傷ついた鳥でも落ちていないかなーと思いながら道を歩いているから」。思いもよらない返答だった。偶然ではなく、だからツバメも拾ったのだ。

先日、駅へ行く途中、私は何か光っているものを道に見つけて拾いあげた。柄の折れた真鍮のキセルだった。がらくたとして面白いと私はポケットに入れた。私も、何かを拾う気があって歩いていたらしい。そしてキセルは落ちていたのだ。偶然でなく。

自転車がないので

2003年12月24日

　自転車を持たなくなってから三年くらいになる。おおよそどこへ行くにも車だから豊橋か名古屋へ行くときにJRを使うときだけ、自転車がないのが不便だなと思う。自転車がないので家から駅へはたいてい歩いて行く。八月の暑かった日、日傘をさして行った。そういえば日傘なんていうものを使うのはひさしぶりだった。

　私の母は網走の生まれで、奈良の師範学校へ行くために青函連絡船に乗るまで網走に住んでいた。「網走は雪の時期が長くてね、自転車に乗れるときが短いのよ。だから、私は自転車に乗れないの」。こども時代に自転車に乗れなかった母は、そのまま生涯自転車には乗れなかった。

駅までの道は十五分ほどで、歩くには丁度いい。途中に花屋さんがある。まだ日が明るいうちにその前を通って帰るとき、立ち寄ることがある。自分のために花を買う。自分のためだから、チューリップを三本とか、向日葵を二本とかいう買い方をする。秋には竜胆を買った。先日はにおいのいい紫のバラを買った。歩くせいで花を買う気持ちになる。

贈られしカットグラスの花挿しは花のある日もなき日も飾る

（第四歌集より）

ウィスキーボンボン

2004年1月28日

私がウィスキーボンボンを初めて食べたのは中学三年生の時だった。

私には二つ違いの姉がいた。高校二年生の修学旅行が終わって、姉のもとには旅行中のたくさんの写真があった。鳥取の砂丘とか高松の栗林公園とか、私の知らない場所を背景に写っている仲良し三人組は姉もふくめてなかなか綺麗で、私にはまぶしかった。姉はクリスマスにクラスメートを家に呼ぶという。仲良しの二人の女の子と数人の男の子が来て、トランプをしたり、マッチ箱に数本のマッチを入れたものをギターにみたててカタカタ鳴らして歌を歌ったりして帰っていった。

あとに残ったお菓子のなかにウィスキーボンボンがあった。それは姉にも初めてのお菓子だった。おいしいよと言われて口に入れるとほろ苦いとろりとした液体がチョコレートとともに口の中にひろがった。知らない味にエッと眉をひそめた。中学生の私には、もうすこし大人になってから食べるべきお菓子のように思われた。

バレンタインデーが近づくと、私は、あの秘密の味のウィスキーボンボンを食べたくなる。

肩すかし

2004年5月19日

なぜこの絵を買ってしまったのだろう。私は日曜画家の小さな展覧会に行ってふっと小さな線描画を一枚買った。額付きで四千円、安いけど、安さだけで絵を買ったりしない。鉛筆で描いたさつま芋に淡くピンクと黄色の水彩絵の具が塗ってある。

その会派の絵画展はもう長年、時々観に行っていた。私の父がこの会派で絵を学んでいたからだ。絵は「いも」という題で、草木の根を丹念に描いたいくつもの作品の下に架かっていた。「根」を習作した作者にとってはちょっと小休憩という感じで描いたのだろう。「これが芋?」

私は、さつま芋はごりごりと、重量感とざらつきを持って描かれなくてはならないと思っていた。こんな淡い芋があっていいの? 私は肩すかしを食ったことが嬉しくて絵を買ったのだ、それまでの私の概念になかった芋の絵を。

会のKさんは、「さなぎ」の絵かなと思っていたそうである。展覧会に出していいよと言ったら、「いも」という題を付けてきたので、さつま芋の絵だと知ったという。それは心を柔らかくする、淡あわした蛹のような芋の絵だ。

人間の悲鳴、犬の悲鳴

2004年7月28日

エディット・ピアフのCDを買った。なかにし礼原作の映画「赤い月」を観たのは三月。また、「週刊朝日」の連載「黄昏に歌え」を毎号、歯科医院の待合室で読み続けているが、その自伝小説（?）のなかで若きなかにし礼がバーのアルバイトボーイをしていた時、初めてシャンソンを聴くくだりがある。エディット・ピアフの歌に電撃に打たれたとあって、ピアフの歌を聴いてみたくなったのだ。

届いたＣＤを早速聴いた。素晴らし、過ぎた。聴いてもわからないフランス語だったが、歌は、傷んだ神経に塩を擦り込むみたいで、不安定な胃袋を持つ私には聴いているのが怖かった。

一緒に買ったＣＤに、スーザン・オズボーンがある。日本の歌を、細く長く独特に歌う。「人を癒すというその歌声」「発声により、心身を癒す」などと説明がある。これも、特に日本語の「さくら」の歌には根源的な不安を掻きたてられる気がした。わが家の犬は、「ブリーズ」というＣＤの、梟がほぉーほぉーと鳴く箇所で悲鳴をあげる。スーザンの歌にも反応しウェーンウェーンと鳴いていた。

袋綴じを開ければ

2005年12月21日

カレンダーというのは頂くもので買ったことがない。新聞に折り込みのもの、生命保険会社がくれたもの、ギフト屋さんが宣伝に置いていったもの、などなど。本屋に行くと実にいろいろなカレンダーを売っていて、年末にカレンダーを買うのを愉しみにしている人も多いだろう。

私の家に届くカレンダーで一番気に入っているのは日本航空のアートカレンダーだ。株を少々持っているので毎年送ってくる。日本の良い芸術作品の写真を載せているのは国際性を意識しているゆえか。毎月めくっていき十二月になると最後の一枚が袋綴じになっている。ミシン目に沿って切り、はらりと垂らすと縦に倍の大きさの画《え》となる。去年は吉祥天女の像が出てきた。あまりに良い像だったので今でも部屋に飾ってある。今年は建長寺の梵鐘が出てきた。二〇〇六年のカレンダーももちろんもう届いていて、来年の十二月には何が出て来るかと袋綴じを横から覗いてみた。中尊寺にある曼荼羅図の部分と書いてある。

　毎月の作品も素敵だが、はらりと袋綴じを開ける時が愉しみだ。

観覧車

2006年1月25日

観覧車回れよ回れ想ひ出は君には一《ひと》日《ひ》我には一《ひと》生《よ》

この歌は栗木京子氏が「二十歳の譜」で角川短歌賞次席となったときの作品。いまや高校生にも愛誦され「観覧車」は恋の代名詞とさえなっている。

観覧車は回らなかったひたひたと遠景が窓に満ちてくるだけ

米倉歩

三十代半ばの日本語教師、米倉は恋が成就しなかったことを観覧車が回らなかったと歌った。

私は年末の二十四日、冬休みで帰ってきていた娘といっしょにラグーナの湯に行った。露天風呂から夕陽が見え、海の残照がきれいだ。大観覧車もハーバーのヨットもまだイルミネーションが点いていない。湯に浸かって過ぎゆく年を思い、観覧車を眺め、栗木さんの歌を口ずさむ。あの観覧車にはどんな人達が乗っているのか。何を語らっているのか。

星越峠が見える。星越トンネルを出て東へ走る電車が見え、西へ向かってトンネルをくぐって行く電車が見える。しばらく、往来する電車を見ていた。

私は、観覧車は「幸福」の代名詞だと思う。

銀杏拾い

2006年11月8日

足助《あすけ》のさらに奥、稲武町へ森林浴に行ってきた。龍光院という小さいお寺に一本の公孫樹があり、草の上に銀杏の実が落ちていた。小さなタオルハンカチに包んで、二十個ほどの銀杏を拾ってきた。

銀杏といえば、一昨年は、幡豆《はず》のこどもの国で拾ったという銀杏を分けて頂いた。こどもの国には何本もの公孫樹の樹があるらしい。台風の次の日に行ったら、落ちてる落ちてる、たちまち何キロも拾ったという。

高校生のとき、秋の中間テスト期間中の日曜日に、家にいると遊んでしまいそうなので学校へ行った。門扉も無く、鍵の掛かっていない教室に入って勉強をした。校庭に出てみると、テニスコートで銀杏拾いをしているお爺さんがいる。生徒は誰もいない。私は教室にとって返すとぼろ雑巾の一部をほどいて袋状とした。詰められるだけの銀杏を詰めてその日帰ったが、酒好きの父はほくほく顔で喜んだ。翌年の秋、中間試験の勉強へ学校へ行けよと父の方から言ってきた。同じ高校の弟と一緒に出かけてたくさんの銀杏を持って帰った。四十年も前のことだ。

私は稲武の銀杏を食べるのが待ち遠しい。

わが家の野鳥

2007年7月11日

二階の北側にある寝室の雨戸の戸袋に鳥が巣を作った。朝、ことこと音がするので、ネズミが巣を作ったかと案じたのは五月の初め。窓を開け戸袋を覗くと羽毛が転がっており、一番奥にひとかたまりの黒いもの。じっと見つめていたら振り向いた。不安と不屈に満ちた黒い眼。鳥が抱卵していたのだ。

それから戸袋の中の「カタコト」を聴くのが私の朝の目覚めの日課となった。ある日、磨り硝子に鳥の影が映った。戸袋から出て飛び立つところだ。気がつけば、親鳥はひっきりなしに戻ってきては飛ぶ。雛は餌をもらうときだけかしましい。以後ときどき、わが家の野鳥の巣を覗いて見る。五月末、雛はだいぶ大きくなった。三羽いる。奥から出て戸袋の中を歩いている雛も。羽毛の山も大きくなっている。六月五日、戸袋の中は空っぽ。雛達も皆、飛んだのだ。七月、もう餌を求めて鳴くこともない。朝も昼も静かだ。細長い戸袋の中で縦一列に並んで眠るのかと思っていたのに。

窓から見える電線にチッチと鳴く鳥がいると、あれがわが家の鳥だと見上げてしまう。

帰って来ない。鳥は巣を捨てたらしい。

馬酔木

2007年9月26日

暑い、そして雨が降らない。庭のつつじが二本とも枯れそうだ。十日前、ふた朝続けて庭木に水を遣った。そのあとひと雨さぁっと降ったきりだ。

夫が生きていた頃、庭木への水遣りは夫の仕事だった。庭造りが好きな夫は植木を買い込んできては植え、過密な樹木をよく手入れしていた。

私の実家には庭の真ん中に馬酔木が一本ある。子供であった私と共に丈を伸ばしたという錯覚のような記憶がある。今やなかなかの大木で、春に咲く小鈴のような白い花は見上げる高さにも咲く。

五年前、夫の一周忌に備えて庭の手入れをした時、馬酔木を植えて欲しいと庭師さんに頼んだ。植樹は春になってからがいいと、三か月くらいしてから私の腰ほどの高さの馬酔木が運ばれてきた。馬酔木が庭に植えられた時、私は戸主になった寂しさと責任を感じた。庭のことは夫の専権事項だったのだ。

この馬酔木は見上げるようになるまでに高くなるだろうか。私は健康で長生きできるだろうか。この庭が庭でありつづけるだろうか。


馬酔木あしび育ちゆくべしわれのみが生きて一代《ひとよ》と思うわが庭　佐登

鳴子こけし

２００７年10月31日

　平成七年一月十七日未明、がたがたと家が震えて目が覚めた。地震だ。すわと身構えたがそれ以上の震えはなく再び眠ってしまった。朝起きて見ると棚に飾った七、八本のこけしのうち、胴が細く頭が大きいこけしが三本ほど倒れていた。阪神淡路大震災は、「神戸が揺れて蒲郡のこけしが倒れた」と私の脳に刻まれた。

　棚のこけしは学生時代に東北を旅して買ったもので、三、四十センチの高さのこけしを何本もリュックに詰めて担いでくるのはしんどかった。

最近、この中から鳴子温泉で買ったこけしを選んで食卓テーブルにのせた。大勢の人が来て撫でていくので顔や頭がすり減ったという「愚痴きき地蔵さん」の写真を新聞に見たのがきっかけだ。ああ、私もこんな「地蔵さん」を持っているわと思ったのである。

鳴子のこけしは三十センチほど。さびた感じの木の肌がいい。細く長く引いた目と眉、おちょぼ口、なんとも和む顔である。お地蔵さまの顔である。どっしりとした胴で、震災の時にも倒れなかった。朝に夕べに、心の健康のために、こけしの顔を眺めている。

右と左

２００８年２月13日

　家から職場に行くのに、丁字路を右折して行くことがある。交通量の多い旧国道に突き当たる道で、国道に出る時は対面のポールに掲げられた反射鏡を見る。反射鏡は並んでふたつあり、右には右から来る車が右側通行をして、左には左から来る車が右側通行をして走って来るのが映っている。エッ、右側走行、と一瞬とまどう。鏡だから左右が反転して映るのである。ずるずると車を乗り出して、直視で左右を見ることになる。

左右と言えば最近、五本指の靴下を履いている。地面を踏みしめる力が増したようで気持ちがいい。何本もの靴下を洗濯して回しているうちに、右足二本が余るようになった。どこかに左足二本がかくれているのだ。数日して洗濯後の何本かの乾いた靴下をペアにしていくうちに、半端だった右足にペアが見つかった。ヤァヤァ。こんな小さなことが嬉しい。ところが最後には別な右足が二本残ってしまった。ふむ、簡単ではないか。この右足の片方を裏返しにすればいいのだ。とても良い考え。で、裏返しにしてみた。ああ、かかとが膨らんでいる構造の五本指の靴下は、右足はひっくり返しても右足だった。

母べえ

２００８年３月19日

「母べえ」という映画を観た。主演は吉永小百合で、戦時下に思想犯として捕らえられた「父べえ」を信じ、二人の女の子を育てあげていった実話をもとにした映画である。疲れた、少しやつれた「母べえ」を演じながら、吉永小百合は美しかった。

私は小学時代、父、母をそれぞれ「お父ちゃん」「お母ちゃん」と呼んでいた。半農の町、安城の昭和三十年代である。小学五年生のある日、担任の先生が「皆さんの家ではお父さん、お母さんをどう呼んでいますか」と聞いた。私は見栄をはって、「お父さん、お母さんと呼んでいる人」に手を挙げた。私ともう一人だった。あとは、「母ちゃん」や「お母ちゃん」である。そうそう、「お母ちゃま」と呼んでいる子がひとりいた。転勤族の倉敷紡績の社宅の子だった。

　その日、家に帰って私は母を「お母さん」と呼び、以後ずっと「お母さん」と呼んでいる。いつの間にか私の三人の兄弟も、父、母を、「ちゃん」ではなく「さん」で呼ぶようになった。

　私のお母さんも、映画の「母べえ」みたいに、辛抱強く、慎ましく、よく働く人だった。

禁忌

２００８年７月９日

のんびりとした土曜日、普段あまり読まない日経新聞を拾い読みしていた。「大機小機」という経済コラムが、短いながらとても面白かった。コラムの署名が「禁忌」とあり、ふむ、刺激的な、しかも本質を突いた良いことを書くなと思った印象を再度新たにさせられた。この署名氏は、いつも「禁忌」と署名するのか。

禁忌の語は私達医者は日常的に使う。アスピリン喘息の人にアスピリン投与は禁忌、緑内障の人に硫酸アトロピン注射は禁忌、というように。

「禁忌」の署名が気に入ってそれからはこの経済コラムを欠かさずに読む。ソフトな内容ではないが面白い。署名はさまざまである。「逆境」「渾沌」「文鳥」「腹鼓」「独り独楽」「毛毬」。「文鳥」は医療、年金の話。「腹鼓」は株主総会にからんだ話。「独り独楽」は、お年寄りよ、孫のためにと結んだ後期高齢医療などの話。つまり、最後の括弧内の一語は、署名ではなく、洒落た総括の一語というわけだ。この一語をもって、やんわりと横腹を突く感じ。

「禁忌」に惹かれた私は、以後もこの経済コラムだけは読んでいる。禁忌って魅力的な言葉だ。

はるけくも生きつるものかな

２００８年９月17日

八月三十日の夕刊にアリタリア航空が会社更生法の適用をうけることになったと書かれていた。

私が「アリタリア」という言葉を聞いたのは三十八年前、一九七〇年である。いわゆる七十年安保の年で、大阪万博があった。この万博は、六十年安保の反対闘争に懲りた政府が、闘争が盛り上がることがないように、お祭り騒ぎの万博をぶつけたと言われている。私も泊まり賃を倹約した夜行バスで二泊二日の万博見物に出かけた。

朝、会場の柵が開くと、待ちかねていた見物人は走って目当ての館に走った。私はソ連館に走って行った。お昼、会場でうろうろ迷ったあげくに入ったのがイタリアンレストラン。初めて「ピザ」なるものを食べた。覚え違いかもしれないがレストランの名前は「アリタリア」だったと思う。ウェイトレスの赤と黄色の制服がまぶしかった。

はるけくも生きつるものかな。

三十八年も経れば、私もいろいろ見聞し、世の中の変化もそれなりに見た。なにより、ピザはスーパーで冷凍ものを仕入れて、しょっちゅう食べている。

はるかなる万博、はるかなる初めてのピザ。

ポチ

2009年9月9日

わが家に来た推定二、三歳のコーギー犬をポチと名付けた。ポチは捨てられた犬を保護しては新しい飼い主を探す「しっぽの会」から貰った。

七月の末の日曜日に、はるばる瑞穂市から犬を連れてきてくださったボランティアのご夫婦は、その日五軒の家に（五匹の）捨てられた犬を届けるのだと言っていた。わが家に犬を降ろすと、かかった医療費（フィラリア検査代と去勢代）以外は受け取らず、これから浜松まで行くのだと早々に出発して行った。

この犬種は、牛の脚を噛んで牛を追うのに使われていた犬だから、噛むのは元々の性格ですよと言っていた。最初の夜、夜中に懐中電灯を点けて見に行ったら、買ってやった犬小屋の隣にうずくまって怯えた眼をしていた。

ポチはほんとによく噛む。私の腕や顎をちみくる（つねる）ように噛むことがある。「だからお前は捨てられたんだよ」と思わず大声で怒鳴った。やんちゃで陽気なポチと近頃はよく散歩する。ポチは捨てられたのではなく、迷い犬かもしれない。


ストーブとわれの間に割り込みてコーギー眠る座布団の上

（第五歌集より）

携帯電話

2010年3月24日

携帯電話は空気のような存在だ。いつも持っているかさらことさらに持っていることに気づかない。若い人は四六時中、寝るときも持っているという。おやおや、オンコール中毒だ。私は仕事柄、いつも、寝るときも傍らに置いているが、若者が私なみにせわしいとは、いたわしい。

お彼岸の日曜日、風は強かったが晴れていた。

私は庭の池掃除を始めた。睡蓮と菖蒲とあやめと金魚のいる池だ。強力なポンプで池のヘドロを吸い出す。不安定な足場でやっていたら頭から池に転げてしまった。水深三十センチほどの池だからずぶ濡れになったがどうということはない。水から立ち上がって反射的に左の手首を見た。腕時計をはめていなかった。ああ、良かった。

私はズボンのポケットに携帯電話を入れていたのをすっかり忘れていたのである。池の仕事を続けて着替えの時に気付いたが遅し。携帯電話はもう動かない。私はちゃっと、近くはない携帯電話屋まで走って行き電話を買い替えた。ちゃっと（すばやく）という三河弁が好きで、今回この言葉を使えたのが嬉しい。

携帯は胸ポケットに挿してゐる左の乳房の乳頭辺り

（第五歌集より）

心房細動

２０１０年４月28日

私の家の犬は捨てられた犬で、保護活動をしている方の里親探しサイトに連絡して譲ってもらったコーギーである。フィラリア検査が陽性で、獣医さんによると立派な成虫が二匹は心臓に住みついているという。新しく生まれる子虫は駆虫薬で退治してゆくが親虫は殺せないそうだ。エッ、ずっとフィラリア症なんですか。いやいや、親虫は数年したら寿命で死にます、ただし、死んで心臓から流れる時に犬に発作が起きるかもしれません、生きている虫がぐぐんと動いて心臓発作を起こすこともありえます。

犬はやんちゃで元気だ。猛スピードで走ることもできる。パソコンの前に私が座るとすぐ寄って来て私の膝に頭をのせてころりと横になる。ある夜、私もそんな犬の横にころりと寝ころんで気がついた、聞こえている犬の心音の不整に。

これは、心房細動だ。その時私には犬の右心房にとぐろを巻いている二匹のフィラリアがまざまざと見えた。人ならば血栓症予防のワーファリンを飲むべき心房細動。虫のせいで犬に起きている不整脈。

犬がいつまでも元気でありますように。

歩めよ子馬

２０１０年６月９日

「ハイシ、ハイシ、歩めよ子馬」といつの間にか童謡を歌っていた。駅への道を急いで歩いていた時だった。古い歌が口をついたのには自分ながら驚いたが、新しく買った携帯電話に歩数計がついていたせいだった。

平成二十年から老人保健法が変わって、いわゆるメタボ健診というものをやるようになった。おへそ周りを測定して内臓脂肪の溜まっている人を見つけ、将来の糖尿病、循環器疾患を減らそうというやつだ。その前年に私達医者は（厚生労働省の）大号令のもと、メタボリックシンドロームやその運動療法について勉強させられた。丸二日の講習を聴きに行った。「一日二・三エクササイズ以上の運動を……」

携帯電話畏るべし。携帯の歩数計には、歩数、歩行距離、エクササイズで表す運動量が毎日記録される。今日はよく歩いたと思う日でも一万歩に届くことがない。九千八百歩という数字が出たある夜は、寝る前にぴょんぴょんと二百回跳びはねた。かくて私は歌う。

「お前が歩めば私も歩む、歩めよ歩めよ、足音たかく」

蟻とお婆

２０１０年10月27日

　夏、勝手口の柱と床のあいだに小さな穴があって赤蟻がゾロゾロと出て来るのを見つけた。南無三、穴をテープで塞いだ。帰れなくなった蟻が右往左往している。毎日、箒で掃き出す。

　蟻は風雨のない肥沃な台所の中で民族大移動をしたらしい。皿を洗っていたら眼の前の水道管のねもとから蟻が出入りしている。すき間をオリーブオイルで塞ぐ。シンクセットと抽斗セットのすき間から這い出てくる蟻も発見、最短距離でパン屑を拾いに来る。(蟻が前の二本の脚で持って四本の脚で歩む時、頭の前にあるのがパンの粉として可視できる)。このルートは去年もあったのか。

画家、安野光雅は、スケッチ、挿絵、絵本を描く。文章もよくして『蟻と少年』という本がある。

十歳頃の安野少年が縁の下の黒蟻をやっつけ、赤蟻を支援する話が書かれている。黒蟻の穴をくり返し塞ぎ、おしっこをかけたりする一方、赤蟻に砂糖をやったりする。と、ある日、困民の黒蟻が赤蟻村を襲い、赤蟻は殲滅されていた。

さて、私は、「蟻とお婆」という小文が書けるなぁと思いつつ床を行く赤蟻の隊列を前に結末を決めあぐねている。

逆回転

２０１０年12月1日

人間の右脳は感情をよく感受し、左脳は論理的思考に働くという。日本人は秋の虫の声を右の脳で聴くが欧米人は左で「雑音」として聴くらしい。

最近とある医療安全の研修会で、ドレスの女性がくるくる回っている動画を見せられた。右回りである。同じ絵が左回りに見えてきますよと、講演者が言う。絵の右半分に足し算が出て来てそれがだんだん難しい算式になる。計算しているうちに女性が左回りに見えてきた人がいるらしい。聴講者の中からほほうという声が漏れる。論理的な左私には最後まで右回りにしか見えなかった。

の脳の発達が悪いせいらしい。

理髪屋さんは、どこも、店の前で赤と青のだんだら模様をくるくる回している。右回りである。このだんだらをふたつ回しているお店が三谷北通にあって、太い方が右回りに細い方は左回りに見えたとき、私はちょっと安心した。

安藤美姫ちゃんのフィギュア中国杯を見ていた。素晴らしかった。最後のスピンは回転があまりに速く、棒のように体が伸びたかとみるやしばらく逆の左回転に見え、フィニッシュ。優勝した美姫ちゃんに乾杯。見えるように見えるのだ。

こんじゅうに

2011年6月29日

「こんにちは」と私は診察室に入って来た患者さんに挨拶をした、はずだった。ところが、「こんじゅうに」と発声していた。善玉コレステロールの値は九十二だなと、カルテに眼を移していたせいである。「おはようございます」と挨拶していたら、混線はなかったと思う。

四月のある朝、私は蒲郡市文化協会の会長の坂部傑《すぐる》さんが、ある催しで愛知工科大学の電子ロボット工学科を見学させてもらったのが面白かったと話されたのに対して、「へぇ、それは何という……（ええっと）企画ですか」と聞いていた、つもりだった。ところが、「何という……病気ですか」と発声していたので、坂部さんは笑うし私も驚いた。日常的には使わない「企画」という言葉の「き」音の繋がりで混線したのだ。

紹介状は急いで書くことが多い。「既往歴・七歳のとき膿胸の手術」と書いたつもりが、「脳胸の手術」と誤記したのはつい最近だ。にくづき扁の同じ「ノウ」だが、不思議な技である。

私は今では「こんじゅうに」はこんにちはとボンジュールとニイハオをあわせた挨拶語ではないかと思っている。

お宝展

2011年9月14日

蒲郡市博物館は十月二十九日から十一月二十日まで「わが家のお宝展」をする。「先祖伝来の品、思い出の品など、皆さんご自慢のお宝を募集します」とあり、私は早々に応募した。各家庭からどんなお宝が出るか見に行くのが楽しみだ。

私が応募したのは義父の遺した沃度丁幾《ヨードチンキ》容器だ。お宝というよりがらくたと呼ぶべきかもしれない。ケヤキだと思うが、木をくり抜いて作った高さ十センチほどの細い筒。三段に分かれ溝でそれぞれがきっちりかみ合って締まる。中はガラス瓶。ガラス瓶には赤チンを入れたのだろう、瓶の先に赤く染まった塗布用の糸玉が付いている。筒には「塗布兼用沃度丁幾容器」と丁寧に彫刻されている。

義父は昭和二十年の終戦前から三谷町で外科医院を開いていた。昔はこんな物で傷口に赤チンを塗ったのか。赤チンは水銀を使った消毒薬、四十年ほど前に国内での原料の製造禁止。今では、消毒の綿球は使い捨て。次の人のも同じ糸玉で拭いたらウイルスがうつるよ。

展示品の応募締め切りは八月三十日。私は、沃度丁幾容器が展示に採用されるかどうか、お沙汰を待っているところだ。

イチロー君の貌

２０１１年10月５日

九月三十日、新聞は十年連続年間二百安打がストップしたイチロー君を報じていた。今期十一年目は百八十四安打で最終戦が終了。イチロー君は試合後、「なぜか晴れやか。続けることに追われることがなくなり、ホッとしています」と語ったとある。私は試合後のグラウンドでの笑顔の写真を切り抜いた。

昨年、朝日ウイークリーを一時とっていた。第一面はいつも時の人の大きな写真。浅田真央ちゃんが、フィギュア世界選手権で優勝した時の笑顔の広告に惹かれて購読を始めた。昨年の十月三日号の一面は十年連続二百安打を達成した時のイチロー君の顔。マリナーズはリーグ最下位だった。ひとり記録を続けていたイチローは一塁でダッグアウトのチームメイトを振り返った。仲間が祝福してくれているのを知ると、イチローは観客の歓呼に応えた。まず、仲間の反応を探ったイチローの眼は暗く鋭く、カメラマンは一瞬の孤独な貌を逃がさなかった。

　私は今年の笑顔の写真を、保存した昨年のイチロー君の貌写真のとなりに追加して、なぜか、ほっとしたのだ。

日記

2012年3月7日

もう数年日記をつけている。高橋書店の一年ごとの日記帳を使っている。一頁が上下段に分かれて二日分。軟らかいビニールの表紙が気に入っている。去年は桃色、一昨年は紺色、今年は深い赤色の表紙。（それにしても、この会社は、日記を大車輪で作る秋口以外は、何をしているのかしら）

日記を書くのは大抵三日から五日に一度。だから書くべきことを思い出せないことも多い。手帖を見ても特段のできごとが思い出せなければ何も書かない。日曜日については、「何をしたか忘れたけれど良い日だった」と書くことがある。

二月十二日　友達と三人で、三河湾健康マラソンに出た。三キロを二十六分四十秒で走った。

二月十九日　何をしたか忘れたけれど良い日だった。

二月二十六日　何をしたか忘れたけれど良い日だった。夜は在宅当番医。

三月四日　午前、市民会館で献血。午後、名古屋へ学校医のシンポを聴きに行った。夜、人生雑話を書いた。いろいろなことをして良い日だった。

陳瞬臣自伝「道半ば」を読む日々に俄かに再び日記を始む

（第四歌集より）

岸辺目に見ゆ

2012年5月16日

やはらかに柳あをめる／北上の岸辺目に見ゆ／泣けとごとくに

中学三年の時の国語のテストに出てきた歌だ。

この歌の作者はどこにいるかを問う三者択一の問題で、私は「岸辺にいて柳をみている」を選んだ。石川啄木の名も、他にどんな歌があるかも知らなかった頃のこと。

正答は、「岸辺にはいなかった、わざわざ目に見えると言っているのは、見えないところにいたからだ」という。「泣けとごとくに」と言い切っているのがいいなぁと思ったが、岸辺にいたと感じたのは間違いだったのか。「目に見ゆ」は目の前にないものをうたう言葉だと、腑に落ちないままに私は知った。

この歌を作ったとき、啄木は朝日新聞社の校正係で東京にいたと知識を得たのはその後二十年も経ったころ。反射的にテスト問題を思い出して「出題者はずるい」と思った。彼は知識で問題を作り、私は感性で答えを拾ったのだ。

私は石川啄木が好きである。中学の時の「ときのかけら」ともいうべく記憶したこの短歌。こころ淋しいとき、ふっと思い出す。

芍薬の季

2012年6月20日

私が死んだら、娘は何の花を飾りながら私を偲んでくれるだろうか。五月の末、私は芍薬の花を飾りながらそんなことを思っていた。

三年前、六月のはじめの梅雨の日に私の二番目の姉が亡くなった。姉の病態の思わしくない頃、私は芍薬の花を買い換え、飾り換えて姉を思った。姉は酒井和歌子と吉永小百合を足して二で割った、でも、ちょっと色黒なのが残念なきれいなひとだったから、芍薬の花は姉を思わせた。

以来三年、今年も、梅雨にはいる前に芍薬を求めに行った。芍薬はこの季節にしかない。バラやチューリップのような一年中ある花とは違う。
姉が亡くなる前によく聴いていた曲を、姪がダビングしてくれたのも三年前。美しく透る声のソプラノの「アベマリア」だった。心に沁みると思って聴いた曲を、ふっと取り出して聴いた先日、私は大きな違和感を持った。この曲に耳を澄ますには、私は心身ともに健康すぎる。

弔辞といふ贈る言葉は生きてゐる者のみが聴く頭《かうべ》を垂れて
はばからず哭けよといふは六月の雨の朝《あした》の芍薬の花
（第五歌集より）

鍵束

２０１２年12月19日

以前、水道栓を開け閉めして二週間ほど暮らした。風呂の地下あたりで大量の水漏れがあり、修理工事が終わるまでの間のこと。朝起きて水道の元栓を開け、トイレや顔洗いに水を使い、栓を閉めて出勤。帰ると元栓を開け一時的に水を使い、早急にまた栓を閉める。(この暮らしで私はてきめんに便秘になった)。

このころ、私は二回も鍵束をなくした。車のキー、家のキーなど六つをまとめたセットだ。

水道栓を開け閉めして暮らした半年ほどのあとのこと。家の裏、水道栓の傍らに無くした鍵束をみつけた。拾った土まみれのキーが、電子ロックも利き、すぐエンジンを始動させたのに驚いた。日本の優秀な鍵。水道栓を閉めた最後の朝、手に持っていた鍵を地面に置きそのまま忘れてしまったのだ。

先日も出かけようとして車のキー（セット）をあちこちと捜していたら、穿いているズボンのポケットに入っていた。

私は今、予備の鍵束を持たない。持たないことはなくさないこと。なくしたその時に見つけなくてはならない。鍵はいつもどこかにある。

土筆

2013年3月31日

かつて春休みになるとすぐ、土筆《つくし》を取りに行こうと小学生の私達兄弟を父が誘うのだった。名鉄西尾線北安城駅の近くの土手へ出かける。土筆はずくずくといっぱい取れる。いっぺんに五、六本もの土筆が目に入った時や、手は摘みながら目が次の土筆をもう見つけている時など面白い。食べられるように、「袴」を剝くのがめんどうだ。兄弟四人揃って指先を茶色に染めて剝いた。土筆は、卵とじにして食べる。酒好きの父の好物だった。

家の南の庭にも土筆が生える。スギナという雑草になるのでありがたくない。この春も二十本ほど摘んで卵とじにして食べた。摘むのも袴を剝くのも私である。ああ春だなぁ、と父を偲びながら食べた。八百屋では売っていない春野菜だ。クリニックの裏は西田川。ここの土手でも土筆を収穫できる。毎年一、二度収穫する。

看護師さんで高知県出身の人がいる。愛知県に来て初めて土筆を食べる風習を知ったという。珍しがって、二、三回だけ食べたという。おいしいのに、残念ね。

「恋人よ凍える私のそばにいて」くちずさむ花粉症のくしゃみしながら

（第四歌集より）

会議に遅れるということ

２０１３年５月６日

いろいろと会議に出ると、どの会議も定刻に始まり、遅れてくる人がいないのに驚く。私は時間に余裕がある時も、ちょっとあれもこれもと片付けに手を出してしまい、あわてて会議にかけつけることが多い。ぎりぎりセーフ。

四月某日、午後一時半から蒲郡俊成短歌大会の実行委員会があった。午前中の診療も早めに終わり、弁当を食べ終え一時十分。さぁ今日は早めに会議室に着いているわと席を立った。あっいけない、今日は口紅も付けていない。クリニックの自室を出るときそう気づいたが、部屋には戻らず車に乗る。カバンをまさぐるが口紅がみつからない。部屋に戻ろうかな、いやいや、折角だからこのまま出かけよう。うーん。

迷い迷い動き出して、結局、自宅へ寄り道をした。そして、口紅を付けるだけのために会議に遅れたのだ。他の全員は揃っていて会議は始まっていた。身なりにあまり構わない（少し構う）私が口紅を付けなければ会議へ行けなかったことは私の進歩だろうか退歩だろうか。

進歩だと思う。進歩だ。バサラバサラの顔はいけない。でも、次は口紅ごときで遅刻はしない。

サラダ記念日

2013年7月17日

三月に車を買い換えた。ナビゲーションが新しくなって、豊橋で映画を観た帰りに迷子になることがなくなった。ナビは、大体つけっぱなしになっている。朝、車のエンジンをかけるとまず「今日は○月○日○○記念日です」と言う。家に帰り着くと「お疲れさまでした」とも言う。

七月六日、このナビが「今日は七月六日サラダ記念日です」と言った。

「『この味がいいね』と君が言ったから七月六日はサラダ記念日」という俵万智の短歌がある。短歌の登竜門のひとつである角川短歌賞を獲った翌年に出された短歌集『サラダ記念日』は、若い人の日常感覚で、口語を使い、からりと明るく恋愛をうたい、発売されるやたちまちミリオンセラーとなった。

七月六日がサラダ記念日だって？　そんな軽い乗りで記念日を作っていいの？　調べると日本記念日協会（そんな協会があるのかぁ）が、七月六日をメロンの日とか、ナンの日とかに認定していた。

いや、いや、サラダ記念日でしょうよ。

ちなみにこのナビ、聞きもらすまいとした私に七月七日を「ゆかたの日です」と言った。

かごバッグ

２０１３年10月30日

九月半ば、娘からの「母の日」の贈り物が届いた。注文されてから編み始めるという「かごのバッグ」。頼んでおいたよと言われたのは三か月ほど前。

黒くるみの皮で編んだというバッグは縦、横二十五センチほどで持ち手がついただけのシンプルな形。宅配で届いたのでお値段のわかる注文票が付いていた。まぁ、なかなかのお値段だわ。（手編みだもんな。黒くるみだもんね。）

外ポケットも内ポケットもないこのかごバッグ。さて、なんとか使わなくては。布製の手提げ袋を見つけ出して、手の部分を切ってかごに入れた。すっぽりとはまった。入れた手提げは、中の仕切りもあり、ポケットもふたつある。

かごバッグを持っていられるTPOは限られている。スーツには合わない、研修会にも合わない、ジーパンではおかしい。それなりに使い始めたが、駅の改札口で切符を取り出すのに三十秒は余分にかかる。でも座席に坐っているとき、膝においているから背筋がピンとする。

指先にも脳みそがあるみたいよと言いつつ敬子が作文を書く　（第二歌集より、夏休みの読書感想文を書く子）

わたし撮る人

２０１４年３月19日

　昨年、デジタルカメラを買った。大規模電器店で、現品限りの大割引で展示されていた一万円足らずのものだ。記憶容量が大きくて十六倍の望遠機能もある。（凄い進歩、凄く安くなった。）

　買ったからにはちょこちょこ使う。撮りっぱなしで、ほとんど整理やプリントをしない。

　昔、「私作るひと、僕食べるひと」というフレーズがあったが、あれは何の宣伝だったたか。男女差別でけしからんという声も出たっけ。

私がよく撮るのは、「ご飯」である。日曜日の今朝のご飯は、パンと紅茶とサラダと土筆の卵とじである。（パンをたべても、今朝のご飯と書くのだな。）土筆は、家の庭で採った。

ご飯を撮るのは作る楽しみを増やす。盛りつけにはちょっと見栄をはる。サラダは色どりを考えて、黄色のパプリカをちらす。五目煮は、人参の赤と椎茸の黒とさやえんどうの緑がどれも見えるように小皿に盛る。うどんは、上に置いた生七味とうがらしも撮りたい。

よく、撮るのを忘れて食べ始めてしまう。今朝は土筆があったので忘れずに撮った。

「私作る人、私撮る人、私食べる人」である。

フィファ君

2014年7月9日

私の家には、実のなる木が一本もない。それは何だか淋しいと、一昨年の終りに幸田《こうだ》の憩の農園でいちじくの苗を買った。ぴろぴろと四枚ほどの葉がついているだけの苗がはたして根付いてくれるか不安だった。春になり緑の葉がたくさん付いたときは嬉しかった。昨年七月、茂りに茂った裏庭の草刈りをしてもらった時、金属板の草刈り機でいちじくは根元から切られてしまった。

秋、九月になって、幾枚もの葉を付けたいちじくが再び地上に顔を出した。嬉しさもわずかの間、九月の末に手入れをしてもらった時、庭師さんは何を思ったのか、はさみで根元からパチンといちじくを切ってしまった。私の目の前で。

待った。冬が過ぎた。三、四月も過ぎた。六月十九日、明日はチームジャパンが対ギリシャ戦という世界がサッカーワールドカップに沸いている朝、三十センチほどに伸びたいちじくが地上にある。おお。私はいちじくに「ＦＩＦＡ君」と名づけた。フィファ君は命のかたまりである。

幼いいちじくをフィファ君と呼ぶとき、私にも「根性」が湧いてくる。（日本はギリシャと引き分けだった。）伸びようね、フィファ君。

長女

２０１４年９月17日

篠田節子の最新刊『長女たち』を読んだ。第一話と第三話は、老いた母のために苦闘する四十歳を過ぎた「長女」の話。第三話では、腎不全の母が、長女の腎臓なら「自分の体と同然だもの」と移植のためにもらってもいいと言い、息子の腎臓は「病気でもない体にメスをいれさせて……」ともらえないと答えるくだりがある。父や母のために苦闘してきた長女が、母が自分に属するものとして長女を認識し、全面的に凭《よ》りかかろうとすることに「すさまじい嫌悪と恐怖」を感じる瞬間だ。

私は三女。そして老女。子供はひとり、長女がいる。

読み終わって、身辺を軽くしたい！　と思った。一種の虚無感かと分析する。なぜだか突然、自宅の本の整理を始めた。

「現代女流短歌全集」七十五巻を捨てる。短歌集団・まひる野誌も三十余年分あるが捨てる。くたびれて休憩し、古いまひる野誌を読む。私が三十歳の時の短歌が載っている。題は「長女誕生」。明るい歓びの歌がそこにあった。未来をたくさん持った若い私がそこにいた。

私は、本を半分だけ捨てた。

連鎖

2015年1月1日

『白夜行』を読んだ。町田樹《たつき》君の一昨年のフィギュアスケートの演目で、惹かれていた。「これはクリスマスの話なので今日以降は演じません」と言ったのをクリスマスに観た。（彼は本当にぴったり演じるのを止めた。）「本を読まない高校生でも東野《ひがしの》圭吾の作品は読んだことがあるだろう」という新聞の一行が私を発憤させた。読み出したら面白くて止まらない。東京へ帰る友人に、新幹線の中ででも読んでとプレゼントした。

短歌会の友人がゆうパックで文庫カバーを送ってきた。黒くしなやかな手ざわり。私の壮《わか》いころの歌集を差し上げたお礼だ。上品な感じで、友が奮発してくれたのがわかった。おりしも、『白夜行』のお返しに先の友人が文庫本をくれた。司馬遼太郎の「街道をゆく」のシリーズの絶筆『濃尾参州記』である。司馬遼太郎は智恵の深いひと。「街道をゆく」シリーズは面白く、壱岐・対馬から、越前、陸奥、甲州街道、モンゴル紀行、耽羅紀行と、続けて読んで文庫カバーは空になったことがない。

「連鎖」という言葉を思う。カバーをくれた人と本をくれた人があって私が読み続けている。

今年も良き連鎖がありますように。

犬のフード、人間のご飯

2015年2月11日

子供の頃、犬は体が大きくて餌が多く要るので飼ってもらえなかった。高校生の時、丁度家の前に捨てられていた仔犬を飼ってもらえたのが、犬を友とした始まりだ。ドッグフードなどない時代で、餌は魚の頭や骨や残飯。

いま、私の家では、コーギーを飼っている。捨てられていたものを、保護のボランティアさんから貰った。昼間は外に出し、夜は家の中に入れ、私のよき友だ。朝夕ドッグフードを与えている。

ある朝、ドッグフードをきらした。夜、新年会から帰って、まるきりフードがないのを思いだしたが飲酒していて買いに行けない。やむなく人間のフードを与えた。つまり、こしひかりのレトルトご飯だ。犬にお米を与えるのは、お百姓さんに申し訳ない。人の道に反する。翌朝は具のないお好み焼きを焼いた。一枚は犬に、一枚は私に。

いつからだろう、食事の前に「頂きます」と声を出さなくなったのは。次にご飯の食事をとるとき、随分久しぶりに「頂きます」と声が出て、われながら驚いた。

お百姓さんに、亡き父母に、お天道様に、「ご飯をありがとう、頂きます」。

アイドル

2015年3月18日

二月二十二日、倍賞千恵子さんの講演を聴いた。蒲郡市制六十周年記念で、お話あり、朗読あり、三つも歌を歌ってくれたという楽しい講演だった。講演の中で、寅さんシリーズの映画を観たことのない人はいますかと客席に問いかけてきた。誰も手を挙げなかったが、実際に、四十八作あった渥美清の寅さんと妹さくらさん（倍賞千恵子）の映画は、誰もが一度は観ただろう。

私が深い印象を持っているのは、「ハウルの動く城」

という二〇〇四年の宮崎駿監督のアニメだ。主人公は十八歳の少女。魔女に九十歳の老婆に変えられてしまう。この声優が倍賞さんだ。ひとつの会話の中で、少女や老女の声になる難しい役。封切り映画を聴きに行った。今も倍賞さんの声は美しい。

　チャーミングな倍賞千恵子さんはやっぱり私のアイドルだ。ロールモデルと言い換えてもいい。何歳になっても、憧れのお手本を持つのはいいことだ。六年半の後に私も彼女の年齢、同じように生き生きとしていたい。まず、倍賞さんが、松竹音楽舞踊学校でしつけをうけたという「挨拶をしっかりする」から始めよう。

『きなげつの魚』購入記

2015年4月22日

木にひかりさしたればかげうまれたりかげうまれ木はそんざいをます

『蝶』渡辺松男

渡辺は二〇一二年に第七歌集『蝶』で迢空賞をとった。渡辺の新しい歌集『きなげつの魚』の書評を短歌雑誌の二月号で読んだが、註文に行ったのは雑誌が届いてからひと月近くあとだった。本屋から品切れの連絡があって驚いた。え、もう？　何だか悔しくて角川学芸出版に

「増刷して下さい」と役に立たない葉書を書いた。

アマゾンを覗いてみた。出ている。一万四千七百円で一冊きり。再び驚いた。出品したのはどういう人?もとは二千六百円の本。これは、著者と読者と本と「詩」にたいする冒瀆だ。憤然。

渡辺松男は筋萎縮性側索硬化症という、全身の筋肉がだんだん動かなくなってゆく治療法のない病気にかかっている。徳洲会病院グループの創始者で、衆議院議員にもなった徳田虎雄さんと同じ病気だ。

渡辺は「希望や夢」を持ちたいが「歌は時間の奴隷ではない」と言っている。(受賞の言葉より)

四月なかばにもアマゾンを覗いた。四冊ある。複雑な気持ちで六千七百円ほどの一冊を買った。

もう、こりごり

2015年5月27日

先日、ある会合があって六時十六分の快速に乗った。車を蒲郡駅の近くの駐車場に置いて行った。その夜はアルコールを飲んだので蒲郡駅からタクシーで帰った。「明日の朝、六時までに車を取りに行かなければならない」。駐車料金は二十四時間までは六百円なのだが、十二時間後に取りに行かなければと勘違いをしていた。次の朝は五時半に起きた。

駅に車を取りに行くときはいつも犬を散歩させながら

行き、車に犬を乗せて帰る。その朝、それでは遅れそうなので自転車で行った。駐車場に自転車を置いて車で戻った。さて、車は家に戻ったが自転車が駅に残った。

朝食後、犬を散歩させながら駐車場へ行った。帰りは自転車を曳きながら犬を引くのだ。元捨て犬だった中型犬。案の定、犬に引っ張られ、引き綱が自転車にからみ、ペダルで足を打ち、とても安全歩行できない。「難儀だなぁ」。

「難儀」という言葉が、絶妙でぴったりだ。ぴったりの言葉を探しあてた時は楽しい。ジグソーパズルがパチッと嵌まった感じ。でも、この難儀、もう、こりごり。

創作か模倣か

2015年9月9日

夏が過ぎた。今年は代々木公園あたりでデング熱発生の報を聞かなかったのは嬉しい。

松村由利子さんは、元毎日新聞記者で歌人。第四歌集『耳ふたひら』を出した。

時に応じて断ち落とさるるパンの耳沖縄という耳の焦げ色

『耳ふたひら』

日本のパンの耳の位置にある沖縄。七十年前に焦土となった。今も焦げ続けている。

私のクリニックにＭＭＪ（ザ・マイニチ・メヂカル・

ジャーナル）という隔月誌が送られてくる。世界の医学・医療を知る格調の高い雑誌。松村由利子さんの一頁連載「からだの歌こころの歌」があり、この頁を楽しみにして読んでいる。

さて、八月三十日の日経新聞歌壇の入選歌。

パンの耳切り落としたり囓ったり沖縄の耳いつも焦げ気味　F氏

私はこの歌は模倣だと思うと新聞社に知らせた。九月一日、東京五輪の佐野研二郎氏デザインのエンブレムが白紙の取り下げとなった。エンブレムはヒントを得ただけだったのか、模倣だったたか、オリジナル（創作）だったのか。

新聞社からは、返事はない。

「彩り」より

2015年10月21日

毎朝、目覚めるとなぜか母を想う。六十五歳で亡くなった母を想えば、その年齢を過ぎた私は母が持たなかった幸福の中を生きていると思う。

おや　今朝は耳鳴りなしと見回しぬわすれものでもしたるごとくに
坂田美紀子

待ち針とは何と愛《は》しき名遠き世の黒髪長きをとめのやうな
〃

作者九十歳。「彩り」十五首より。耳鳴りが、おや、今日はしないのねとつぶやくのは、なんとゆったりしたこころだろう。待ち針は、布がずれないように留める針で頭に綺麗なビーズ玉や紙片が付いている。運針を待つから、恋しい人を待つへの連想がういういしい。

昨年二月、桂離宮と修学院離宮を一日で巡った。前から痛かった右の股関節の痛みが増し、整形外科へかかると、「変形性股関節症・いずれ手術が必要」という診断。

九十歳はまだ遠く、いつまで健康でいられるのか、九十歳までにどんな嘆きや苦しみや喜びがあるのか、想像がつかない。坂田さんの短歌には及ばないと思うが、そのこころのあり方は私の目標である。

誕生日プレゼント

2015年11月25日

膝の子に読み聞かせせし「ムーミン」に再会をせり記念切手に

田村郁子

この歌を読んだとき、私も「ムーミン」の本を読んでみたいなぁと思った。少年少女小説は大人向けの小説と違いさわやかでいい。ムーミンの絵本も本も見たことがないが、「ねぇムーミンこっちむいて……」というテレビアニメの主題歌は覚えている。「そういえば私は膝の子に絵本を読んでやったりしたことがあまりないなぁ」くつろぎになるような少年少女小説を買いたいと本屋に行った。ムーミンの本は何冊も並んでいたが、残念ながら幼児・子供向きで、大人にも読めるものがない。棚を見回って、河合雅雄作『少年動物誌』を一冊買った。本体七百円なり。

思いついて、本屋の包装シールを開けないまま十一月生まれの娘に誕生日プレゼントとして送った。遠き日にあまり本など読んであげられなくてごめんねという気持ち。

日曜から日曜までが遠いと言う子を羨《とも》しみてのち抱き寄せぬ

（第二歌集より）

娘は毎年、母の日に贈り物をくれる。かごバッグとか、ガラスの花瓶とか。今年は芍薬の花が好きな私に、芍薬の花束の写真をメールで送ってくれたっけ。

ニッポンガンバレ

2015年12月23日

来年の日記を買った。高橋書店の日記。巻末の日本地図や世界地図を見る。年表もある。旧石器時代から始まる年表の日本史の文化の動きに、一九五二年高橋書店日記創刊と入っていた。オーオーこの愛社精神よ。

今年の私の五大ニュース。

一月二日　例年通りの親戚会をわが家で。十九人。百人一首をやった。

四月十九日　代々木体育館で、フィギュア国別対抗戦のエキシビションを観た。ロシアの川口悠子さんスミルノフ組、素敵。演目、ロシア民謡「黒い瞳」。

八月二十三日　まひる野短歌会の全国大会の夜、国立市の友人の家へ行き、五人で雑魚寝。枕の投げ合いはしなかったが、小学校の修学旅行以来の興奮をした。翌朝、何食わぬ顔で大会に戻る。

十一月十一日　三菱重工のＭＲＪ、国産ジェット機が空を飛ぶ。嬉しい。

十二月十三日　フィギュアＮＨＫ杯で歴代最高点をだした羽生結弦君がバルセロナのファイナルでさらに世界新記録を出した。

平成二十七年を、日本ガンバレで締めくくる。

ポチとの日々

2016年2月10日

犬を飼っている。ポチという。五年前、推定二歳の頃、保護された捨て犬としてわが家に来た。

ポチは昼間は柵に囲まれた庭にいる。夜は家の中に入れる。裏口の戸をコンコンたたいて知らせると、入りたくて飛んでくる。私が戸を開けるのに合わせて、はなづらを横に振る。自分で扉を開けたつもりだ。ふーん。

家に上がらせる前に必ず足を拭く。四つの足を拭く間、グアウ、グアウと攻撃的な声を出す。本性にさわるのだ。

「お前さんは、学習しない犬だね」。今では、怒るのが可愛い。

ご飯の残りが好きだ。飛びつくように食べる。乾燥ドッグフードは思案しつつ食べる。時々、口のなかに乾燥フードを含んで、食堂の絨毯の上に運んでくる。口から出したフードをひとつずつ食べてこれをくり返す。「お座敷」で食べたいのだ。

足の短い犬だから散歩中にハーネスから抜け出してしまうことがある。散歩のとき、ピンと綱が張っていると、勇んでいる犬の鼓動が手に伝わってくる。犬も私も元気に生きている。嬉しい。


あるときはわが子と思ふ犬がゐてその時われは神妙に母　佐登

順次のできごと

2016年3月16日

　右の股関節が痛い。痛みが一日中続くので診てもらったのは、二年前。変形性股関節症でいずれ手術が必要だという。半年ごとに経過観察をうけている。

　痛み対策で平底の靴を履く。底の柔らかい靴を買い、中敷きも入れる。右の脚が左より一センチくらい短いと言われ、自分でもそう感じていたので、右には一、二枚多く中敷きを敷く。股関節に響くので底の硬いパンプスをいくつも捨てた。重い革カバンを捨てた。平底の靴にあわないスカートも捨てた。順次の出来事である。

昨年、甥の結婚式に出ようとしたら、礼服はあるが履いてゆく靴がない。

しかし、履いて行く靴がないというのに肩に重い白い革のコートを捨てたあとだった。

赤いかわいい布靴を買って、ジーパンの裾を折りあげて出勤したら、「先生、どうしたの！」と言われた。

脚力が衰えないように、仕事中は足首にそれぞれ一キロの錘を巻いている。順次の出来事である。


底硬きパンプスたちよさやうなら一般ゴミは黄色の袋　　佐登

浅蜊に憑かれて

２０１６年４月20日

　小学三年生から四年生へかけての春休み、兄弟四人で、朝から晩までページワンというトランプ遊びをやった。五歳上、二歳上の姉、一歳下の弟と四人で、毎日が面白くてしようがなかった。あの二週間の興奮の持続状態は懐かしい。

　家の近くに魚屋ができた。観光地竹島を訪れる客が目当てで、昼の食事が楽しめる。午後五時には閉まってしまう。昨年の夏の終わりには、行くたびに生き蟹を買った。「そこの盛り籠からこぼれている分の二匹を頂戴」「五匹盛りは要らないから三匹ならいくら?」ひとり暮らしで自分の分だけを買う小母さんである。ゆでた温みののこるワタリガニほど美味しいものはない。三河の生まれでよかったなぁ。

　今は浅蜊である。「おじさん、浅蜊を百グラムちょうだい」「浅蜊を十粒ちょうだい」「そこの盛り籠からこぼれている分を量ってちょうだい」。味噌汁一杯ぶんの浅蜊を買う。脳みそに、浅蜊の美味は味わい尽くしたと刻みたいのだ。こういうのを「老人力」と呼ぶのだろう。そうそう、浅蜊はやはり赤だし味噌だね。

　ページワンで日がな遊んだあの子供力を思う。

小太郎君の郷

2016年6月1日

小太郎君という犬に出会った。柴の雑種か。高野《こうや》街道の天見《あまみ》という山里でのこと。首輪と綱を持ったおじさんが犬を追いかけていた。犬は、飼い主のおじさんをすり抜けて、車の直前をかすめるように交差点を走り抜けた。

信号の変わるのを待って、おじさんも、私と友人も国道をわたった。山裾の道を行くと、犬とおじさんに追いついた。犬はまだ捕まっていない。私の臭いを嗅ぐと、八幡宮へ行く私達の後についてきた。しらんぷりをして歩く。私からは、うちの犬のにおいがしたと思う。

と、後ろで、「あっ、小太郎がうちへ帰るぞ」という声が聞こえた。やがて、川の対岸の畑の道をトコトコ走って行く犬が見えた。八幡様を出るとバイクに乗ったおじさんに出会った。あと始末で、うんちを拾っているんだと言っていた。

この天見の蟹井神社に私はデジタルカメラを置き忘れた。河内《かわち》長野の交番に届けながら、カメラはきっと戻ってくると思った。五日後、カメラが届けられたと電話があった。

小太郎君の郷、天見っていいところだ。畑の道を家へ帰って行った小太郎君の姿を忘れない。

おばぁちゃんのと同じ

2016年7月6日

大学時代の友人と旅行に行った。朝、◯◯クリームを顔に塗っていると、友人が「おばぁちゃんのと同じだ」と言った。おばぁちゃんは明治生まれだそうだ。「このクリームはいいのよ」と私は答えた。「塗るでしょ。そしたら、ホウ酸亜鉛華軟膏みたいに白いままだから、ぐりぐりと透明になるまでこすると、おしろいまで付けた感じになるのよ」。私の化粧は昔から簡単、これで口紅をひいて終わりなのだ。（口紅を少し頬にも分けてやるか

ら、頬紅というものは持たない）

白樺の幹が白いことにヒントを得て、某有名メーカーが美白化粧品を開発したが、それが白斑症をひきおこしてしまったのは、記憶に新しい。

診察をしながら、患者さんと雑談をする。ある方が、化粧品で必ずかぶれると言った。結婚式に出席した時だけはお化粧をしていって、あとから皮膚炎の治療をしたそうだ。私が○○クリームを使っていると言ったら、「あ、お母さんのと同じだ」と言った。別な日に聞くとその足で○○クリームを買いに行ったそうだ。かぶれないという。

明治生まれも大正生まれも使ったクリームは平成をも生き抜く力があるらしい。

半家出

2017年4月12日

飼っている猫が車にはねられて死んだと言ったあとで姉はほろほろと泣いた。もう、二十年程前のことだ。私は医者と妻と母をしながら大忙しの人間だったから、え、猫が死んだくらいで泣くの？　とびっくりした。姉はさらに、「さっちゃん、私は淋しいんだと思う」と言った。銀行員の夫と大学生の娘が輝いているのを毎日送り出しながら、自分は猫に慰められていたと言うのだ。

四月八日の土曜日、診療が十二時に終わってさぁ昼ご飯をどこでたべようかと思った。三谷の駅前の喫茶店へ行った。ハンバーグランチを食べながら文庫を読む。初めてのソルジェニーツィンだ。一時間ほど居てそこを出る。なんとなく家に足が向かなくて別の喫茶店へ行く。コーヒーは飲んだあとだから野菜ジュースを頼む。本の続きを読む。

これって「家出」じゃないの？　もっとも私の家には私しか住んでいないのだが。私は、姉さんの「さっちゃん、私は淋しいんだと思う」という二十年前の言葉を思い出していた。

忙しかった私が老年の淋しさを振りきれずに、今日、半家出をしている。喫茶店は暖かく、『イワン・デニーソヴィッチの一日』は粘着力がある。

回想療法

2017年6月21日

脳味噌が縮んだなと思う。あまり処方しない薬の名前がスッと出てこなくなった。

入力情報の少ないシンプルな生活をしたい。まず、四冊も購読している短歌雑誌を二冊に減らしたい。そろそろ「身辺整理」を始めたい。

地震対策にもなるからと、二階の本を整理。古い本を束ねる。古い映画のパンフレットも束ねる。映画を観るたびにパンフレットを買っていた時期があった。ずいぶん昔だ。「タイタニック」という一冊があり、「みつ君と行った」と書き込みがある。平成十年一月。その頃は元気だった夫と一緒に観たのだ。映画のシーンがいくつも頭をよぎる。女主人公が最後にポケットの宝石を捨てる海の碧《みどり》も目に浮かんだ。映像のなんという大きな力。

認知症の治療法に回想法というのがある。「タイタニック」も「氷の微笑」も「カンゾー先生」も、自分が観た映画のパンフレットは、将来の私に、回想療法のよいアイテムになりそうだ。映画のパンフレットを捨てるのは止めた。

むしろ、新たに買い込んでいる。「追憶」「美女と野獣」「草原の河」。回想療法への準備だ。

幸せの残り味

２０１７年７月26日

　薬には食事のすぐ前に飲む薬やすぐ後に飲む薬がある。短時間だけインスリンの分泌を促す糖尿病薬は必ず食直前の内服。小腸で二炭糖からブドウ糖への分解を遅くする糖尿病薬も食直前の内服である。高リン血症のひとが飲むリン吸着薬も食事のすぐ前か後だ。

　疲れているとき、肉料理を食べたくなる。熱いとんかつ一枚、醤油のよく効いた焼き肉などは疲労感を飛ばすのに良い。胃までかなり疲れたときは、上等の牛肉を少し食べる。

極上のしゃぶしゃぶ肉を胃に落とす胃を励まして心はげます　佐登

ある夕べ、極上の牛肉にしばし幸せを感じていた。作り置きの大根と人参の煮物が付け合わせ。大根と人参を食べている間は良かったが、最後に煮物の中の鶏肉ミンチボールを口にいれたら、幸せの残り味が全部消えてしまった。鶏肉は牛肉に勝つのだ。

食前、食後に必ず薬を飲む人には、こんなことはないのかしら。残り味の幸せがその度にツッと消えてしまうことは。

決断力

2017年9月6日

仕事帰りに食品スーパーに寄った。惣菜売り場で、おばぁちゃまが、サラダのパックを手にとり、別な物を手にとり、また別な物を手に取って置いた。え？　自分で選んでトングで紙袋に入れる揚げ物には素手で触ってはいない。私はおばぁちゃまの真正面に行き、丁寧な言い方で、「ねぇ、ほんとうに買おうとするものにしか触ってはいけないのよ」と言った。カッとせずに私の目を見て聞いている。その後レジへ進み、そこから首を伸ばして窺っているとヽやはりいろいろな惣菜を手に取っている。ついでに、整頓もしていた。

ミニ認知症かなと思う。手に取りつつ考えないと、どれにするか決められないのだ。ともかく、自立して生活できているのなら、広い意味の隣人として、惣菜パックに触られるくらいは何ほどのこともない……。

次の日にホームセンターへ懐中電灯を買いに行った。単三電池が二個のものと、単四電池が三個のとどちらがいいか、点灯時間はどれくらい欲しいか。商品に触りながら、結構長く迷った。

え、え？　私の方があのおばぁちゃまより決断力がないよ。

日暮れが早い

２０１７年10月11日

　十月六日、保健センターにドック健診を受けに行った。眼底検査も受けた。「あら、こんな色ですよ」と技師さんが言う。眼底が紗がかかっているように灰色だ。「うむ、白内障ですね」と自己診断。両側とも同じ程度。そのうち手術が要るだろう。夜に車で出かける時、なにか見にくくて不安だなと思っていたが、これだったのか。

　私は、十五年ほど前の自分の眼底写真を持っている。眼底は薄いオレンジ色で、四本の動脈がきれいだ。診療のポイントをいろいろ細かく書き込んだ手帳にはさんである。患者さんに、きれいな眼底とはこういうものですよとお見せするための見本として手帳にはさんであり、ちっとも色あせていない。しかし、実は、今ではこんなに灰色だったのだ。

それから、なるほど、蛍光灯がくすんでいるのではなく自分の目がくすんでいるのだとわかるようになった。明かりがまぶしいのは、自分の目の水晶体で乱反射があるせいだとわかった。そして日暮れが早くなった。

十月七日これを書いている今日、満月は過ぎたが、お月様は大きくきれいだった。

同じ穴のむじな

2017年11月15日

フィギュアスケートのシーズンだ。NHK杯は大阪、グランプリファイナルはなんと名古屋での開催。十二日の日曜日、家でNHK杯のエキシビションを見た。チケットがあたっていたら私も客席にいたと思いながら。

NHK杯もグランプリファイナルも抽選販売に応募。当たらなかった。ファイナルは一次抽選のあとまだ二次抽選もあるというのに、チケットが転売サイトに出ていた。チケットを配信されたスマホを持っていないと会場に入れない。サイトの記事はいろいろ。「二人で行くつもりでしたが、仕事が入ったので、妻の同行者を求む」「スマホを貸します。女性名です。ふたり」「私と一緒に、連番の席。二十七万で」。オオ、なんという吹っかけ、アリーナ席か。隣にすわるヤツに二十五万も巻き上げられて、演技を楽しめる人間がいるものか。こいつの連番の席をだれも買いませんように。

けがで羽生君がＮＨＫ杯を棄権した。ファイナルに出られなくなった。ネットを覗いたら羽生君の欠場で値下がりしたのか、フムという額でファイナルのチケットが出ている。エキシビションを一枚買った。私も同じ穴のむじなだ。

犬の愛

2018年1月24日

戌年だから、犬の話をしようと思う。

にんげんのわれを朋《とも》とし犬の愛きわまるときにわが腓嚙む　坪野哲久

（哲久は明治三十九年能登で生まれ、昭和六十三年に八十二歳で没。昭和四十六年の歌集より）

朋友である犬が、歓びのあまりに腓を嚙む行為をしたという。嚙みつくのは犬の本性だから、歓びが大きすぎて本性に近い行動がほとばしり出たのだ。

昨冬は五泊六日でフィンランドへ行った。一月三日、六日ぶりで家に帰った。裏庭に放し飼いにしているコーギー犬のポチには、知り合いに頼んで一日おきに水とドッグフードを与えていた。ポチは、二歳のころに捨てられて保護されていたのを貰った犬である。私の顔を見たポチは歓んだ。地べたに背中をこすりつけ、四肢をばたつかせ、しばらくは私の存在を忘れたようだった。見棄てられたのではない、俺は生還したのだという思いに、宙を引っ掻いていたのだ。

飛びついてきたポチは腓を嚙んだりしなかった。ポチ、私の友よ。私達はブルブル、ブルブルと抱き合って再会を歓んだ。

サユリスト

２０１８年４月４日

むかし、私が大学生だった頃、サユリストという言葉があった。「キューポラのある街」に出演し、橋幸夫とのデュエット「いつでも夢を」でレコード大賞をとった可憐で美しい女優、吉永小百合さんに憧れた青年達のことを言う。

吉永小百合さん主演百二十作めという映画「北の桜守」を観に行った。滝田洋二郎監督は「華とオーラをしっかり受け止めスクリーンに輝きを残せるように」

撮ったという。

　オーラ、ありましたね。小百合ちゃんの健在ぶりに納得。

　私の夫はサユリストだったらしい。大学弓道部の部誌「ゆみ」に寄せた文がある。光源氏と頭中将の雨夜の品定めのように、道場で好きな女性について話していたら、小百合ちゃんを好きだという佐竹先輩と井野君がどうしても譲り合えない。弓で勝負をしようということになり、射詰めをしたのか的中率を競ったのか、ともかく井野君は佐竹先輩に負けてしまった。そして小百合ちゃんを好きになる権利をあきらめた。

　そのせいかどうか、のちに井野君が結婚したのは鼻ぺちゃの女性であった。

半離脱

2018年12月19日

私は睡眠薬とビタミンD（骨の薬）とコレステロールを下げる薬と胃薬二つを飲んでいる。一包化したものを寝る前にまとめてのどに放り込む。

　パラフィンの袋を破りパッと飲む眠る薬とその他四錠　佐登

眠る薬は超短時間作用のM五ミリ錠。新発売の時メーカーさんが置いていった試供品を飲んで以来ずっと止められない。頭が冴えている夜には十ミリ錠を飲む。発売以来の十八年だ。

ある夜、パラフィンの袋をパッと破り、パッと薬を飲んで寝た。夕方に飲んだコーヒーのせいか眠れない。次の夜、飲もうとしたら破れたパラフィンの袋があったので、もう飲んだあとなのかと思い寝床に就いた。眠れない。次の朝、破れたパラフィンの袋の中に、M錠がひと粒残っているのを見つけた。「おとついは眠る薬以外の薬を飲み、昨夜は全部の薬を飲まなかったのだ」

その夜、私は五ミリを半粒だけ飲んだ。以後ずっと半粒だ。眠れなかった二晩は無駄にならず、私は「半離脱」できたのだった。

よくお眠りなさいといふが末尾にて一枚半なり人の手紙は
（第五歌集より）

蟻走感《ぎそうかん》

2019年1月30日

不意に脚をゾゾゾッと虫が這い昇ってくる感じがした。一瞬のことでぎょっとした。「蟻走感」だ！「蟻走感」は医学部の授業で習った語句だ。四十年の月日を越えて思いだし、私は下肢の神経の変性の瞬間を自覚した。

毎週月曜日の午後は医師会事務所へ行く。役務の仕事をするためだ。事務所は広くいつも窓を背にして坐る。右端と左端に入り口がある。十二月のある日、人のいない左手の部屋で話し声がした。

「あの電気の点いていない部屋に誰か居るの？」と事務さんに聞いたが誰も居ないという。「おかしいね、誰かが話しているわ」。立ち上がって部屋を覗きに行った。誰も居ない。右端の入り口で、別の事務員さんが業者さんと話していた。その瞬間、右耳のきこえが悪いのだと覚った。突発性難聴だわ。少しの耳鳴りを残して、難聴は治った。

老齢となり、いろいろな不調が出る。新旧の自分を比べてみるのも面白い（と居直っている）。

脚立とは最後にポンと降りるもの脚の捌きのかろかりし頃　　佐登

木の床を素足であゆむ嬉しさや痺れの病根踏みゐるごとし　　〃

C1068X

2019年3月6日

気の合う同年齢の短歌の友人五人で二か月に一度短歌会をする。まひる野誌に載ったそれぞれの歌を計八十首、昼ご飯をはさんで批評し合うのだ。

私は果物、M氏は菓子、Iさんは手打ち蕎麦と惣菜、Sさんも惣菜を持ち寄り、穂積の小林峯夫氏（まひる野編集委員、令和三年四月没）宅にあつまる。桃源郷の日だ。

わぁわぁ言いながらの昼ご飯はおいしい。先日は、私の分の蕎麦は茹で方が悪くてしめ縄のようにくっついていた。なんと、しめ縄という普通の名詞が出てこなくて、食べながら「えーと、あの鳥居につるしてある……アッしめ縄だ。ねぇ、私の蕎麦はしめ縄みたいだよ」と言ったら、皆に笑われてしまった。記憶の回路が緩んだのだ。
　クリニックが新設移転して二年経った。入館するには電子錠の番号を押して扉を開ける。ある朝、裏玄関に急ぎながら、ふとC1068Xという番号が頭に浮かんだ。もう解体した旧館の会議室の解錠番号だ。埋没していた記憶が突然に浮いてきたのは何故だろう。不意に脳裏に蘇ったこの番号、もはや私の記憶の底にしかない。いとおしい。

また或る日あをみどろのごと浮くならむ生きて負ひたる記憶にあれば
（第六歌集より）

三代将軍

２０１９年９月11日

浦和の友人とかねてから行きたかった大宮盆栽美術館へ行った。大宮盆栽村は関東大震災後に盆栽業者が広い土地と新鮮な水を求めて移り住んだ村で、盆栽美術館がある。名品の盆石や盆栽を見た。座敷が作ってあり、絵や工芸品、盆栽がしつらえてあった。庭に、樹齢百年、二百年の盆栽もあり、堪能した。

皇居の大道庭園には「三代将軍」という松の盆栽がある。徳川家光の愛したもので、江戸の末期に庭師の所有であったが明治に献上された。樹齢に比してこぶりで、非常に品格がある。

十八年前、夫は棚の盆栽を土に下ろしてから亡くなった。楓、松、蠟梅。庭にある元盆栽は出自を失うことなく、太い根っこを持っている。楓は高さ五十センチほど。蠟梅の根はスズメバチの巣のように大きい。松は三本ある。年に一度来る庭師さんは必ず元盆栽の松の剪定もしてゆく。プロは元盆栽の松も梳かずにはおられないのだろう。

かくて、わが庭には樹齢二十余年のまことに枝ぶりのいい盆栽ふうの松がある。顔を地面につけて眺めると、いずれも、風格がある。私はそのひとつを、「三代将軍」と呼んでいる。

短歌集『自由な朝を』

2019年11月20日

九月、第六歌集『自由な朝を』を上梓した。

不自由な暮らしの中で、自由が欲しいと願う思いをタイトルとした。

歌集の帯には不識書院の編集者がえらんでくれた五首が載っている。その五首を紹介する。

理事会の果つれば中区四丁目ベローチェに来て浮き雲見上ぐ

「良き馬は休まざる馬」しかあらば休まざるわれ良き医者ならむ

開かれて干されてほつけの眼が見たる青空も風も喰《くら》ふごと喰《く》ふ

「中期高齢ひとり暮らし」は小池光《こいけ》さんと同じ括りか朝には紅茶

（小池光氏は釈迢空賞歌人）

七十歳《ななじふ》の心情《こころ》は七十歳になりて知り自由な朝にパンとバナナを

三年前からがんで闘病している友人が、「自由な朝を」という題は、あなたにも自由な朝をあげましょうという意味だよねと聞いてきた。それを聞いて、私は、自分はすでに随分自由で自在だったことに気がついた。不自由な私に自由が欲しいと歌ったのに、友人は、私のような自由が、あなたにもありますようにと受け取ったのだった。

白鳥

2019年12月21日

今年のフィギュアスケートグランプリファイナルはイタリアのトリノであった。羽生結弦君は二位で、金メダルはアメリカの四回転ボーイのネイサン・チェン選手だった。

エキシビションで羽生君は、「ノッテステラータ（白鳥）」を滑った。トリノだから、イタリア語の歌詞の曲を選んだと言っていた。あくまでも優雅で美しい白鳥は心に沁みた。演技後の羽生君の顔にしたたる大粒の汗に心を洗われた。

羽生君は仙台の出身、二〇一一年三月十一日の東日本大震災のときは高校生だった。地震でホームリンクを失って、日本を転々として練習した。羽生君と3・11とは私の中では切り離せない。

この震災のために、東京で開催されるはずだったフィギュア世界選手権は延期され、四月にロシアで行われた。安藤美姫ちゃんが金メダルを獲り、エキシビションのアンコールでモーツァルトのレクイエムを舞った。日本の震災をしっている観衆はしずまりかえり、テレビの前で私は泣いた。

羽生君、美姫ちゃん、ありがとう。

私達は3・11の惨禍をいつまでも忘れないでいたいのだ。

嵐の前の静けさか

2020年4月8日

今日、四月五日。コロナウイルス感染症の拡大がなければ、体育館で玉の海追悼の大相撲を観ているはずだった。信じられない速さで新型コロナウイルスは拡散した。三月七日に市内に二次感染者が出て、その後新規感染のない蒲郡は嵐の前の静けさに身を潜めているようだ。

香港から飛行機で羽田に来てダイヤモンド・プリンセス号に乗ったたったひとりから、日本に七百二十三人もの感染者が出た。あの香港人の小父さん、乗って呉れなければよかったのにと、いくら思ってももう意味がない。春節より数日早く武漢を封鎖して欲しかったと思うのもいまや意味がない。ウイルスは全世界に拡がった。

私の勤務するクリニックでは、マスクが配給制になった。今ある在庫を使ったあとの入手の見込みが立たない。大手の病院でもマスクの不足は深刻だ。志村けんさんがコロナの肺炎で亡くなった。腹巻きとステテコ姿が目に浮かぶ。おや、私の方が年長だった。

私は読書が好きなので自粛には強いと思う。右股関節の手術を今年に受けたいのだが、その前に医療崩壊が起こるかもしれない。

同時代の記憶

2020年5月20日

近くの三角の土地に新しい家が建った。東も西も車道で、三角の角には信号がある。窓が小さく高いコンクリート塀の家だ。「三浦百恵ちゃんの家みたいね」と私が言うと「三浦百恵ちゃんて誰」と娘が答えた。「山口百恵のことだよ。知らないの？　じゃあ、森昌子ちゃんは？」

山口百恵ちゃんは、三浦友和君と結婚して国立市に小さな窓と高い塀の家を建てた。歌手としての絶頂期にマイクを舞台に置いて、さようならと言ったのだ。百恵ちゃんも森昌子ちゃんも結婚して引退したから、娘が知らなくても不思議はない。世代が違うのだ。（よく聞けば山口百恵ちゃんは知っていた。）

しかし、今、新型コロナウイルス感染症という災禍をともに同時代者として共有している。

四月八日に小学校に入学して、翌日から学校へ行けなくなった一年生に、この「風邪」はどういう記憶を残すだろう。中学生に、高校生に。新卒者に。飲食店主に。交響楽団の奏者に。

同時代の記憶とはいえ、それぞれが受ける災難はひとりひとり違う。三密が禁忌でない時代が来るのを祈るばかりだ。

お相撲切手

2020年6月17日

　時々手紙を書く。月に三、四通か。切手はいつも記念切手を使う。最近、大相撲の記念切手が出た。何枚か大相撲の切手を使ったあとで、その切手が素晴らしく美しいことに気がついた。江戸時代の錦絵である。

　姉の男孫のけん君が相撲が好きで、テレビの相撲中継の時、自分も四股を踏んだりすると聞いていた。コロナウイルス感染症のために中止になったが、四月の蒲郡の大相撲を一緒に観に行くはずだった。私はけん君に手紙を書いた。「相撲の記念切手です。五枚使ってしまったけれど、まだ五枚残っています。あげます。七月には、蒲郡の花火はありません」

二日ほどして、いや、まだ切手シートが残っているかもしれないぞと思った。六月十二日、中央郵便局へ行った。もう無い。三谷の公民館で千円で不織布マスクの引き換えをやっていて、人が集まっていたので、三谷郵便局を通り越して大塚の郵便局へ行った。ありましたよ。シートに十枚の錦絵がならんでいる。美しい。五月八日の発売とある。けん君にまた手紙を書いた。「相撲の切手をあげます。十月に花火があったら来てね」

若草物語

2020年7月16日

六月三十日、豊川のコロナワールドに映画を観に行った。朝から雨。席はひとつおきに販売していた。平日の昼だから観客は少ないだろうと思ったが、私達ふたりを含めて四人だった。五月五日を最後に三河では新型コロナウイルス感染症のPCR検査陽性者がでていない。これでは映画館の存続が心配だ。

若草物語は、小学生の時、世界少年少女文学全集で三回も読んだ。大人になってから映画も観た。（南北戦争下のアメリカで父親が北軍に従軍している留守家族の四人の娘の成長物語である。メグ、ジョー、ベス、エイミーの、個性も将来の希望も違う四人姉妹。）

映画「ストーリー・オブ・マイライフ　わたしの若草物語」は、大人になった次女のジョーがニューヨークで小説を出版社に売り込みに行くところからはじまる。十年前、七年前とバックしながら映画は進行する。原作にはなかったが、最後に大金持ちの伯母さんの遺産の邸宅を学校にしたいとジョーは言う。

私は、脇役の少しやつれたお母さんに惹かれた。我慢強く優しい。こんなお母さんになりたいと（もうお婆さんなのに）感情移入している。近しい人に共感するのだ。映画は面白い。

ポチのこと

2020年8月22日

犬が死んだ。二歳ころ捨てられた保護犬としてわが家に来て十一年をともに暮らした。七月末の蒲郡の大花火の日に保護者がはるばる岐阜から運んでくれた。血統書がついていてもいいそうな見た目のコーギーだ。その夜のドーン・ドーンという花火の音に犬はどんなに肝を冷やしたことだろう。九死に一生を得てわが家に来た犬だった。

ポチと名付けた。ポチは無鉄砲な犬で、走ってくる車にとびかかって行く。脚をふいてやると嫌がり噛みつきそうになる。この犬種は、牛の後脚を嚙んで牛追いをするので、祖先からうけついだ癖がありますよとは、保護者さんの言葉だった。

あるとき、居間で抱っこをしていたら急に私の腕をちみきるように浅く強く嚙んだ。なんて奴だお前は。怒って鼻面をひっぱたいた。

今なら分かる。あれは、犬が犬なりに怯えて、悩んで、やっとこの家の子になろうと決心をした時なんだ。やっとの決心を私に伝えたくて強く嚙んだのだ。それからは嚙むことは全く無く、祖先から受けついだ「嚙む」くせは「嘗める」にかわった。本当によく私の足や手を嘗めた。

ポチがいなくて、淋しい。

模索中

2020年10月14日

五本指の靴下履くときままならぬ親指以外の四本の指　佐登

十年ほど前の私の短歌。親指以外は、手を使わないと指袋に指がおさまらない。

八月十三日に右股関節置換術を受けた。四年程前から、いずれは手術を要するといわれていた変形性股関節症だ。股関節を内転、内旋し過ぎると脱臼するから、手術後三ヶ月は気を付ける。正座はいいが、正座して深ぃお辞儀をしてはいけない。しゃがむのも禁止。「靴下ズルズル引き上げ器」を使って右足に靴下を履かせる。

イチロー選手がマリナーズで活躍した頃、五本指の靴下を履いているという記事を読んだ。

十年来、五本指の黒い長靴下は私の定番だった。今はかがめないので右足に五本指を履けない。フーム。左にだけ五本指を履くという手がある。美学がないなぁ。右を捨て、遅れて左の五本指靴下も捨てた。右股関節の可動性はぐんぐん改善中。靴下は指のない黒い膝までのものに変えた。運転免許につき高齢者講習を受けようという通知も来た。美学について模索中。

前《さき》の犬

2020年11月11日

新しく犬を貰った。一歳の柴犬だ。でも今日は前の犬の話をする。

雪　三好達治

太郎を眠らせ、太郎の屋根に雪ふりつむ。
次郎を眠らせ、次郎の屋根に雪ふりつむ。

前の犬は捨てられた犬を貰い受けた。ポチという少し貧弱な名前を付けた。昼間は戸外の柵の中で過ごし、夕飯は家の中で食べさせ、寝る前に外で排泄させると、また家に入れた。一応納戸部屋に寝床を置いていた。綱を付けるのは散歩に行くときだけで倖せな人生（犬だが）だったと思う。
私の素足は大好物で、台所に素足で立つと飴をねぶるように嘗めた。ごろんと床に寝ころんだりすると、ワッという嬉しさにあふれた眼で寄ってきて、手や足や顔を嘗めた。もう、いない。歯槽膿漏から蓄膿症になり、手術の麻酔中に死んだ。

犬眠り犬の下には膝掛けありあるときはわが襟巻きがあり
（犬を眠らせ襟巻きあり）
ポチよポチ呼びて探すに嬉しげな顔して奥の座敷より来る
（頬がたるんでいます）
あかねさす紫色の上座布団わが家の童子《わらし》ポチが寝てゐる
（そこはお坊様が座るんだよ）

新しい犬（遅寝早起き記）

2020年12月9日

犬を貰った。一歳の柴犬。ずっとブリーダーに育てられ、今まで、首輪も綱も付けたことがないという犬。犬の保護活動をしているボランティアさんは、裏庭に放し飼いにできるというわが家を選んだ。夜遅く、娘が三時間の運転で連れてきた犬は、痩せて小さかった。私のズボンの匂いを嗅ぐ犬に、「来たね」と言ったきり。その翌あさに庭から姿を消していた。

結局、近くのホテルの裏山でずっと過ごし、二十三日後に保護できた。さらに痩せていた。

裏庭の鉄柵が、一カ所、丁度犬の目の高さで左右に一センチほど広くなっていた。八つ手が繁って、枝が柵を押し広げていたあとだ。八つ手はもう伐られており、犬だけにわかる秘密の抜け道があったのだ。

ただ今しつけ中。私は遅寝早起きとなった。とにかく、ウンチとシッコは外でして欲しい。朝六時、餌をみせながら犬を庭へ出す。夜は、寝る前十時半に家へ入れる。早起きした私は近くの原っぱのラジオ体操に欠かさず行っている。


椎の実は椎の樹のした体操を終へたる朝の児童公園　佐登

ラジオ体操

2021年1月13日

九月の末から近くの原っぱへラジオ体操に行っている。六時に起きて出かける。十二月の朝六時半はまだ暗い。というか、夜が明けていない。第二体操の終わる六時四十分には、東の渥美半島の空が赤くなる。どんどん明るくなる。海辺を体操仲間と十分ほど歩いて帰ってくる。

初めて参加した日、私は九人目だった。近頃は六、七人が参加。原っぱのソウシャル・ディスタンスは五メートルとたっぷりだ。

第一と第二体操の間に首の運動がある。前後に、左右に、折り、ねじり、回す。「ユウゾラハレテアキカゼ吹キ、」とピアノが鳴る。「思えば遠し故郷の空　ああわがちちはは　いかにおわす」。ピアノが二番の「ああわがはらからたれと遊ぶ」まで鳴ると丁度、首の体操は終わる。「故郷の空」という歌だ。寒くなっていつのまにか、ピアノ伴奏は「冬の星座」に変わっていた。「セイザハメグル」で、首の体操が終わり、第二体操に入る。ユーチューブでどちらの歌も聴くことができる。三月になったら、どんな伴奏にかわるのだろう。

春にならば首の体操するときにピアノは春の何の歌弾く　　佐登

萬葉集

2021年2月10日

ついこのあいだ、『万葉集――時代と作品――』という日本放送出版協会が出した古い本を読んだ。歌人・木俣修が書いたものだが、面白く楽しく数日かけて読み終った。古いので、父の本かと思いながら読んだ。たどり着いた裏表紙に、一九七三年十月〇日購入、十一月〇日読了と書いてあった。私が二十五歳で、独身で、短歌なんか作っていなかった時に自分で買って読んだのだった。

丁度いま読んでいる「萬葉集」は、さらに黄ばんで古いもの。日本古典鑑賞講座第三巻とある。旧漢字が出てくる。鑑賞が良く、読みの比較考察も書いてある。これこそ、実家から持って来た父の本だと思ったが、おもて表紙を開けて気がついた。右肩に「贈M君へ」。真ん中に大きい字で「温故知新」。左下に「昭和三十三年七月H子」と書いてある。何と、大学を出たばかりの義姉がまだ高校一年生の弟（私の夫、故人）に贈ったものではないか。高校生で読める本ではない。彼は一生この本を読まなかったと断言する。昭和三十三年三月の発行で、その頃の明日香や紀伊岩代の浜、琵琶湖の西岸の白黒写真がいい。温故知新。「萬葉集」が面白い。夫になりかわって読んでいる。

マスク（口覆布）

2021年3月10日

前年比で昨年もっとも多く売れたものは、マスクだという。新型コロナウイルスに感染した人が世界で一億一千万人を、死者は二百四十六万人を超えた（二月二十三日）。どこへ行くにもマスクを持参。玄関で小荷物の受け取りをするにも、着ける。

吉祥の和柄を探し布マスク縫いてロンドンの息子に送る

験担ぐことなきわれが青海波、亀甲模様の布マスク縫う
（国立市　八木絹　まひる野誌一月号）

マスクは、顔のまん中。青海波のマスクも亀甲模様のマスクも、日本人であること、疫病退散を願うことを主張してくれるだろう。

私は、ハンカチや手ぬぐいを切って、マスクのうち布にしている。娘が小学生のときに町内の祭りでもらった豆絞りの手ぬぐいもうち布にした。主張のあるマスク（たとえば、河野太郎大臣は富士の絵）をしている人は多い。大坂なおみ選手のマスクパーフォーマンスは嬉しかった。

小心の私は、ありふれたマスクしかかけられない。豆絞りには疫病退散と福はうちを願う気持ちがある。

さようなら眼鏡たち

2021年4月7日

三月に両眼の白内障の手術を受けた。自費で多焦点レンズを入れた。手術後は眼鏡が要らなくなるよと聞いていた。三年程前に健診で眼底写真を撮り、白内障に気が付いた。眼底が灰色に曇っていた。ライトがまぶしい、夜の道の運転が恐い、どうも見にくいという状態になり手術をした。

私は近眼だ。中年になってから、遠近両用眼鏡を使うようになり、年齢を重ねながら、たびたびマイナス度を減らした眼鏡を新調した。裸眼になるとどんな細かい字でも読めた。診察中に「医薬品集」を調べる時は、患者さんからそんなに小さい字が読めるのかと感心された。

手術後、視野が明るくなった。遠くも、テレビもよく見える。しかし、近くが見にくくて老眼鏡がいるようになった。プラス1Dを三本、1・5Dを二本買った。顔のメリハリのために、太枠のだて眼鏡も買ったから、いつも眼鏡をかけている。

それまでの、遠近両用、中近両用（普段用、診察用）、パソコン用の眼鏡を集めたら十一本あった。写真を撮り数人の友人に送り眼鏡を捨てた。

さようなら、眼鏡たち、私の中年期、初老期。


ひいふうみい数へて眼鏡の十一個眼内レンズになりて捨てたり

佐登

男子の本懐

2021年6月6日

酒井シヅの講談社学術文庫『病が語る日本史』を読んでいる。縄文時代から昭和の初期のことまで書いてある。昭和五年十一月十四日、浜口雄幸《おさち》総理は東京駅で右翼に腹部をピストルで撃たれた。このとき応急手当をした医師に「男子の本懐である。時間は何時だ」と言い、それを医師が記者団に語ったため、「男子の本懐」が一時流行語になったとある。雄幸は政治姿勢を貫いて死ぬことを本望としていたのだろう、自ら死亡時刻を確認したのか。輸血がされ、手術がされ、順調な回復が期待されたが、翌年八月二十六日に死亡した。(銃創に放線菌というカビが巣くっていたという。)

私がこのくだりを読んで思い出したのが新型コロナウイルス肺炎で死亡した志村けんさんである。WHOがパンデミック宣言を出したのが二〇二〇年三月十一日、まだ日本での感染者が少なかった頃、人気のコメディアンで活躍中の志村けんさんが忽然と死んだ。三月二十九日、七十歳。日本中がその死を悼み、新ウイルスの恐さを知った。

手話通訳では、志村けんさんを、アイーンのポーズで表すという。「コメディアンの本懐」だったのではと言ったら、志村さんは怒るだろうか。

乾燥粘液

2021年8月4日

「はなくそ」という単語を和英辞典で引いてみた。ドライ ミユーカスとあって、直訳すれば「乾燥粘液」。そう、肛門から出るわけではないのに、鼻くそなんて汚い呼び方をすることたぁない。

高温多湿の日本だが、冷房の効いた職場で働いているので、近年夏バテということがない。空気が乾燥しているので、鼻の中がカサカサして鼻くそが、違った、乾燥粘液で鼻がつまる。

「鼻くそ」で思いだしたのが、俵万智の歌集『未来のサイズ』。第55回沼空賞を獲った。万智ちゃんの住む宮崎の空港では、平積みの『未来のサイズ』を搭乗前の人が次々と買っていくと言う。

制服は未来のサイズ入学のどの子もどの子も未来着ている　　俵万智

相部屋の感想聞けば「鼻くそがほじれないんだ。鼻くそたまる」　　〃

全寮制中学に入れて手放したひとり息子の歌がある。寮では鼻くそを自由にほれないという、こころも体も育ち盛りの息子。

私も、これぞよく出来たという「鼻くそ」、違った、「乾燥粘液」の短歌を作ろうと思う。あれこれ考えている。出来たら、ご紹介する。

この夏

２０２１年９月１日

この夏は特別なことが多かった。新型コロナウイルス感染症の拡大、延期された東京２０２０オリンピック・パラリンピック、長い雨と集中豪雨、八月十六日のアフガン政権崩壊。

誰もが、「この夏」の特別な記憶を持っている。コロナウイルス感染症の濃厚接触者となった人もいよう。お母さんからしょっちゅう「マスクをかけなさい」と言われ続けた子供。新大学一年生にとってはどんな夏だったか。

「まひる野」という私が所属している短歌会の支部で

オンラインの歌会をやった。「夏」という題でそれぞれがあらかじめ一首を作る。相互に批評する。参加は、大分、東京、福岡、岐阜、滋賀、三重からと愛知。総勢十一人。

「あの夏」と記憶されるか八月の樹下にならびてワクチンを待つ　　後藤由紀恵

作者は東京のひと。
単にあの夏といえば、昭和二十年と思う。この夏も、「あの夏」と呼ばれる夏になるだろう。
ちなみに、この日の私の短歌。

このちのどの夏よりも若きわれ朝の草生《くさふ》に体操をする　　佐登

冬瓜

2021年9月29日

冬瓜は私のたましいの（？）野菜だ。冬瓜をくず煮にしたり味噌汁の実にしたりして夏が過ぎるのを惜しんでいる。冬瓜のくず煮はとろとろに煮るとまるで流動食だ。これなら、介護食でも医療食でもないお惣菜として、九十歳になっても食べられる。（栄養は少なそう）。

私が小学生の頃、夏休みの最大行事は、三河大島へ海水浴に行くことと、矢作川の中州へ飯ごう炊さんに行くことだった。どちらも一度ずつ。おじいちゃんに連れられて、兄弟四人と東京のいとこ三人と叔母、伯母の総勢十人。

安城から東岡崎行きの名鉄バスに乗る。矢作橋で降り、近くの八百屋で冬瓜を買う。鍋や水は持っていったと思う。たぶん、おにぎりも。矢作川の名鉄電車の鉄橋の下の中州で、砂遊びや水遊びをした。お昼には、河原の木片を焚いて冬瓜の味噌汁を作った。多分、おじいちゃんや伯母さん達には、冬瓜の味噌汁はとても美味しかっただろうと、大人になってから思う。（名鉄電車の下は、国鉄と違っておしっこが落ちてくることはなかった。）あれから幾十年が経ったやら。冬瓜のくず煮は私が飽きる事なく作る夏のお料理である。

私の柴犬

2021年10月27日

月刊誌「短歌往来」の十一月号に「動物を詠む」という特集があった。

犬が好き盆栽が好き鯉が好きいのちの世話をして生きし父　　高野公彦

高野氏は父親の柴犬を散歩に連れて行った時のことも書いている。ある地点から犬が動こうとしない。犬は、そこまでしか散歩に行ったことがなかったのだと明かされ、「驚くほど臆病な犬なのだ」と結んでいる。

私は昨年の夏、右の股関節置換術をした。手術後の私が脚の弱い老人にならないように、散歩のお供にと娘が犬をもらって来た。繁殖犬候補を落第して放出された一歳の柴犬だった。
　人間に馴れない。裏庭で放し飼いにしている犬をやっと捕まえて抱っこして散歩に連れて行った。初めて散歩に行った日、公園に下ろすとしばらく地面に固まっていた。いまでも、ごく近くをうろうろするばかりで、あまりどこへも行きたそうでない。この犬は、うちへ来た最初の夜に脱走して二十三日間近くの丘のホテルの裏山に潜んでいた。

　飢餓の記憶ふかく持ちたる柴犬が風の音にもおどろきて跳ぶ　　佐登

朝

2021年11月24日

毎朝六時五分前にラジオのスイッチが入る。中部六県の天気予報がはじまる。愛知県は東部と西部、岐阜県南部と美濃、三重、加賀、能登、富山、福井。福井は嶺南（若狭）と嶺北とに分けるということをこの朝のラジオで知った。雨や風の強さ、波の高さ、雨の確率と全域の天気予報を告げ終わると六時の時報。時報のあとは古楽の時間。バッハやら誰やらの音楽が鳴る。途中だが十分するとラジオが止まり、無音となる。

五時半ころから目覚めてラジオを聴くこともあれば、六時の時報も知らずに眠っていることもある。天気予報から古楽演奏を聴いて蒲団の中にいる十五分間は、「幸福のたゆたいの時」である。

近くの原っぱでのラジオ体操に出るようになって一年たった。六時に起きるためのラジオが「無音」になってからハッと目覚めることもある。それでもスッと起きれば第二体操には間に合う。

パジャマ脱ぎ仕事着となる束の間を裸身は吸いぬ朝の清浄

朝食のメリーメロンを小鳥らにチャボに兎に分けておはよう

私の第一歌集より。四十代の朝の歌。

参政権

2021年12月21日

物置から地球儀を出してきた。娘が小学生の時のものではこりだらけ。ソ連邦は分解しておらず、ドイツは西と東と二つだ。ベトナム社会主義共和国にサイゴンという地名は無い。アフガニスタンはどこだ。パキスタンの西、ソ連の南。ま裏にアメリカがある。

カブールがタリバン軍により陥落したのは現地八月十四日。その頃、日本は降水帯雲が停滞して土砂降りの雨だった。現地、八月三十一日、最後のアメリカ軍機がカブール空港を離陸した。二十三時五十九分とテロップを記憶しているが、五十五分だったかもしれない。星空だった。アメリカの本土はまひる。ワシントンも晴れていた。

生まれながらに参政権のある私は、学校へ行けず、自由にものを言えないアフガニスタンの女性の状況に憤慨している。

しかし、日本も、女性に参政権が認められたのは最近のこと、敗戦後だ。私の母が二十七歳の時。

生まれながらの参政権が、実は得がたい権利であったと意識的に思ったことがなかった。母が初めて投票をした時、母は何を思ったのかちょっとでも聞いておけばよかったと今にして思う。

四五一六番

2022年1月26日

豊橋のNHK文化センターに、月に一度「基礎から学ぶ万葉集」という講座を聴きに行っている。二年ほどになる。今月は「正月の歌」を学んだ。

新《あら》しき年の初めの初春《はつはる》の今日《けふ》降る雪のいやしけ吉事《よごと》

大伴宿禰家持

萬葉集の後編を編纂した大伴家持が詠んだ歌。天平宝字三年（七五九年）、正月の一日に因幡の国の長官として、庁での宴で詠んだ。萬葉集は巻第二十の四五一六番のこの歌で終わる。

「萬葉集の歌は、おおよそ四千五百首あると覚えておいてください」と講師の花井しおり先生は言った。いえいえ、ばっちり、四五一六首あると覚えましたよ、私は。四五一六番なんて、無秩序で、パスワードの四連数字として最適な感じ。どこかでこの数字を使ってみたい。たとえば、旅館に行った時の貸し金庫のパスワードとか。銭湯のロッカーのパスワードとか。

ところで、私のクレジットカードの四桁数字は、姉の家の固定電話の下四字である。もう姉は携帯電話しか持っていないので、この四字は私の頭の中にしかない。支払いの時この四字を思いだすために市街局番から十個の数字を暗誦する。

ソーイング

2022年2月23日

「ソーイング・ビー」という番組がある。十数人が服の仕立ての腕を競い合い、勝ち残りながら最後の勝者を決めていく、イギリスの制作である。出場しているのは、仕立てが職業ではない腕自慢。毎回、型紙とリメイクの課題に挑戦する。生地選びに始まるソーイングの腕や、デザインの創意工夫、いろいろな服飾を楽しめる。大きなテーブルクロスからドレスをリメイク、水着と羽飾りなどからカーニバルの衣装をリメイク、デヴィ夫人も着た袖の付け根の膨らんだフィリピンのブラウスの型紙制作などなど。二月十七日分の放送は決勝戦で、スコットランドの男性の伝統のプリーツスカートに挑んでいた。

私もソーイングをした。十数年前に買ったお気に入りの茶色のズボンを、とうとう捨てることにした。大切に穿いたズボンへの「愛着」が大きく、後ろポケットを二枚切り抜いた。ソーイング・ビーを見ていたからその気になったのだ。スーパーで買ったライ麦食パンの色のガラ紡のカーディガンに前ポケットとして縫い付けた。リメイクである。何よりもポケットがお気に入りの、素敵なカーディガンが出来あがった。

ウクライナ（三月）

2022年3月28日

飾っていたお雛様を仕舞ったのは三月六日。（二月二十四日にロシア軍がウクライナに侵攻してから十一日め。）来年の二月、再びお雛様を出すときにウクライナはどうなっているだろう。緩衝材の丸めた紙とともに三月五日の新聞も箱に入れた。例年のごとく雛人形の他に、市松人形や土人形、こけしや紙風船も飾って、今年はロシア人形のマトリョーシカも背の順に並べていた。

ウィキペディアで、ウクライナと隣国のスロバキアの歴史を調べる。スロバキアもウクライナも戦乱の歴史をくぐり抜けてきた国。日本は四方が海で幸せだ。鎌倉時代に二度の蒙古襲来があったが、領土がまるごと他国にのみ込まれたことがない。

三月十九日、「報道特集」でベラルーシのルカシェンコ大統領に十七日に直接インタビューをした取材が放送されていた。隣国ベラルーシは二年前に大統領選挙があり、民主化勢力を弾圧してルカシェンコ氏が居直った。この時、ベラルーシが民主化されていたら、ロシアのウクライナ侵攻はなかっただろう。いや、ベラルーシへの侵攻があったのか。ウクライナを遠い国とは思わない。ウクライナに青空と実りの大地が戻ることを祈る。

肖像写真

2022年6月22日

一カ所に七十二時間カメラを据えてそこに来る人達を活写する番組がある。先日は、東京の雑居ビルの二階にあるプリクラ店街を覗いていた。若い人達がおとずれて、衣装に凝ったり、化粧をしたり、顔を細く変えたり、眼を大きく変えたりもして、プリントを楽しんでいた。

ふっと、遺影を撮っておこうかなと思ったのは、この「プリクラ店」篇を見たせいだろう。夫が亡くなってから久しくなるので、連れである私もお婆さんになりすぎないうちに肖像写真を撮っておこうという潜在的な気持ちはあったのだ。

さあ、遺影となると、襟元がブレザーではおかしいな。昨年、白内障を手術してから眼鏡が不要になったけど、眼鏡を掛けた方がいいのかなぁ。ついでに（医師会の会長を四年間やったので）、医師会事務所に自分の肖像写真を額付きで届ける仕事も片付けておこう。こちらは、ブレザーで眼鏡付きが正当。少々迷ったすえ、花柄のブラウスを着て眼鏡なしのカラー写真を撮ってみた。医師会分も遺影もこの一枚で間に合わそう。

そう言えばこの「人生雑話」の顔写真も随分古い。これもそろそろ取り替えたい。

原っぱに深くお辞儀

2022年7月20日

四年前に掛川の体育館で羽生結弦君のスケートの演技を見た。平昌オリンピックで羽生君が連覇の金メダルを獲ったあとだったが、幸運にも抽選入場券がとれたのだ。私の隣に坐っていたのは、たしか、山口県からきた人で、反対側の隣は神戸から来た人だった。

ショウの最後のスケーターが羽生結弦君で、演技のあとはもちろん万雷の拍手。拍手がおさまりかけ、羽生君が退場口を背に手を振っているという微妙なタイミングで、「ゆづ君おめでとう」と会場一体の声がおこった。しめし合わせたわけではないのに、一斉に声をそろえて「おめでとう」と言えるなんて、どういう会場心理かと私も声を出しながらいぶかった。

私は、毎朝近くの原っぱにラジオ体操に出かける。一昨年の十月から続いている。八、九人があつまる。私はラジオ体操の終わりに必ず原っぱにお辞儀をする。(銀盤を降りるときの羽生君のまね、まね出来るのはこのお辞儀だけだ)。もう一度お辞儀。(毎回休まずラジオを持って来て呉れる近所の人に)。そして、しっかり深くもう一度。脊柱管狭窄症の脊柱管を拡げる深い深いお辞儀。

さあ、今日が始まる。

ウクライナ（七月）

2022年8月17日

金芝河（キム・ジハ）という韓国の詩人が亡くなった（五月八日享年八十一歳）。朴正熙政権により投獄されたこの詩人の詩を私は読んだことがない。知っているのは、金芝河を詠んだというひとつの短歌である。

詩はついに政治に勝てぬことわりをしめぎにかくるごとく見しむる　田井安曇

七月二十六日、私は愛知県芸術劇場に「キエフバレエ」

を観に行った。切符を買ったのは、ロシアのウクライナ侵攻（二月二十四日）より前であった。七千円で世界的レベルのバレエを名古屋で観られるのはラッキーだなと思って買った。

果たして、団員は日本に来られるのか、切符の売れ行きはどうなっているのか、気にかかっていた。大ホールはほぼ満席で、バレエの内容は素晴らしかった。羽生結弦君の滑った「瀕死の白鳥」をバレエで観た。鳴り止まない拍手の中で、私は、田井安曇の短歌をくり返し思った。詩（ウクライナの文化、芸術）はついに、政治（ロシア侵攻）に勝てないのか否か。

勝てない。しかし、敗けはしないのだ。

不思議

2022年9月14日

一学きのお楽しみ会　教室に大きなピタゴラスイッチ作る

（奈良市）山添聡介

「ピタゴラスイッチ」というＮＨＫの「不思議な仕組みを探る」幼児学童向け番組は私のお気に入り。十分間の理科系あたまの体操だ。八月十四日の朝日新聞歌壇の入選歌を読んで嬉しくなった。教室に、くねったり、跳ねたり、ドミノ倒しや磁石の魔法もある大きなピタゴラ装置ができたことだろう。

不思議はいっぱいある。液体石けんが泡状になって出てくるのが不思議。シューと押すキャップの中に魔法があるらしい。石けん水を細い繊維管の束の中をギュッと通せば、泡になる、筈だ。

今は、レトルトカレーを湯煎にしたり、皿に盛ってからレンジにかけたりしなくていい。パックのままレンジにかけても袋は爆発しない。エア抜きの弁がついている。

冷蔵庫の氷作りは不思議だ。昔は製氷皿に入れた水を皿の区分けの形のまま氷にした。今や、冷蔵庫の水入れから下の冷凍庫にカランカランと四角い氷が落ちてくる。不思議。氷は自らの重さで落ちるらしいが。

山姥

2022年10月12日

私の庭木の生い茂る庭には山姥が来る。いや、来ていた。

夜、もう寝ようとして玄関に通じる廊下の明かりを消すと、玄関の硝子戸に風に揺れる松の梢の影が黒々と映る。秋や冬の風の強い夜には大きく揺れて、蓑をまとった山姥が手を広げて襲ってくるように見える。あれは松の梢だと正体がわかっていても、揺れ動く影は結構怖い。光源は、通りの向かいのアパートだ。夜の間ずっと庭の電灯を灯している。低い位置から私の玄関へ明かりが届き、距離の二乗に梢の影を大きくして、「野分の山姥」を映す。幼い頃、夜、便所へ行くのが怖かったことを思い出す。

この恐さを消すのは簡単。廊下に電灯を灯せばよい。こちらの方が明るければいいのだ。

先日、伸び放題の庭木を思いきって整理した。「山姥」の松の枝もばっさり伐った。

もう、山姥が来ないと思うと少し寂しい。「揺れる黒い影」が引き出す恐怖感を私はそれなりに好きだったのだ。なにか、「民話の人になる」というか、「縄文人になる」というか、「真人間」に戻ったという感じがするからだ。

真夏の犬

2022年11月19日

十月十一日左股関節置換術を受けた。入院に持ってゆく本を古本屋で二冊買った。宮本輝の『真夏の犬』（二〇一八年の新装版の文庫）。『ベニシアの京都里山日記』。家にあった本を三冊持つ。日記帳も。

手術前夜に『真夏の犬』を読み出した。この短編集は、「ドブ川の臭いと貧困といかさまと荒くれと汗とがギラギラ煮詰まったような」暗いエネルギーに満ちている。（少年の目で書かれているところに救いがある。）

手術後の目覚めはすっきりして、傷も痛くない。『真夏の犬』の続きを夜までかけて読みおわった。手術当夜に本を読んだ患者は初めてだそうだ。手術後当夜の点滴には鎮痛剤が入っていて、痛みが強いとき手元のボタンを押すと追加の鎮痛剤が入る。私は一度もボタンを押さなかった。「毒をもって毒を制する」というのか、『真夏の犬』の本のせいだ。入院中、痛み止めは飲まなかった。

七度七分熱のある身は泥のやう眠るに眠るいのちなりけり　佐登

床のペン拾ふとおのれ励まして二十一分かかりて拾ふ　〃

祝祭期

2022年12月7日

八月一日には健康保険証が新しくなる。毎年送られてきて、一年間有効だ。今年のは違う。来年一月一日までの有効期限。つまり、誕生日である一月二日からは、後期高齢者保険に加入せよとのお達しだ。（今は愛知県医師会の健康保険に加入している）フーム、とうとう、「証明書」をもらう時期となったのね。

私の母は六十五歳で亡くなった。よぼよぼですぐ泣き笑いする母だったが、お風呂で発作がおきて溺れて死んだ。父は頸動脈閉塞症で半身麻痺となり六年のち、七十歳前に亡くなった。祖父は九十二歳で広範囲の心筋梗塞を起こし、一週間後に自宅で二人の娘に抱かれて亡くなった。

私は、自分は祖父と同じ九十二歳まで脚や腰が立つまま生きる気がする。裏庭に放し飼いの三歳のとても臆病な柴犬がいて、こいつの面倒を最後までみたいのだが、叶うかな。

自分のこの後をなんと呼ぼう。昇天前期、余福期、自由脱力期、お暇期、低空飛行期。再幼年期。そのまま、後期高齢期。そうね、祝祭期と呼ぼう。

保険証一月二日《ふつか》から変はる井郎女《いののいらつめ》もみぢのマーク
佐登

鉛筆の歌

2023年2月1日

雑誌「短歌」の新春号は、百三十三歌人大競詠として、高齢の順に作品を載せていた。巻頭は九十六歳の春日真木子さん。

歩行器に輪飾りつけて初歩き兎《と》にも角にも愛しけやし新春《はる》　真木子

（愛《は》しけやしと読む）

血中の酸素濃度を測り終へ人差指は新芽に向かふ　〃

掲載されていた十首があまりにも良かったので二年前に出た十四歌集『ようこそ明日』を買って読んだ。集中、私が一番気に入った歌。

うろこ雲しろがねいろに仄めけり鉛筆に乗り空を飛びたし　真木子

鉛筆に乗って空を飛びたいなんて、小学生みたいで可愛い。一瞬、学習用のHB鉛筆を想った。うたびとには、鉛筆はとても大切。風に乗り、魔法の箒にのり、いえいえ、鉛筆に乗り仄めくような歌を詠みたいのだ。

寝たるまま短歌手帳に用ゐるは硬筆書写用鉛筆六B　『聖木立以後』橋本喜典（故）

私の所属するまひる野会の編集者だった橋本氏の歌。軟らかい四Bか五Bの鉛筆を使って歌を考えている春日真木子さんが見える。

自転車

2023年3月1日

赤色で小ぶりで脚がスッと立つ秋の澄む日に欲しい

自転車　　　　佐登

自転車が欲しいと思う。五年前、名古屋からふるさとの埼玉県に帰った友達から電動自転車をもらった。がっしりしていて重いが、すいすいと走れるのは便利だった。私よりも背の低い友達だったのに、つまさき立ちでないと足が着かないのはなんで？　と思った。当時、股関節の手術前の私には、走っていて停止するのがこわかった。足をつくとキッと股関節が痛かったし、急な停車に対するしなやかさのすでにない「老嬢」さんだ。（このちょっと厄介な自転車は人に差し上げた。）

　コロナ禍で、出かける人が少なかったあいだ、蒲郡駅前の駐車場はいつでも「空き」があった。「空き」がないために予定の列車に乗れないなんてことはなかった。そろそろ、コロナの第八波も収まってきて、駅に必ず車を止められるとは限らない。やはり、自転車が欲しいなぁ。

　赤色がいい。乗ったら、銀河鉄道のように、すいすいと空へも駆けていける自転車がいい。くるくるくるとやたらと脚をまわす車輪の小さいのがよい。自転車を買ったら、自転車の歌を作りたい。

一票の格差

2023年3月29日

毎朝、蒲郡クラシックホテルの東にある原っぱでラジオ体操をする。ホテルの裏の林を遠望し、空を飛ぶトンビやカラスを見上げている。

林には、二月半ばに青サギが渡ってきて、巣を作り、五月になると育った雛ともどもどこかへ飛び去っていく。サギが営巣している間は、林の緑に中層アパートの窓が並んでいるみたいに、サギの白い頭がツクツクと立っている。ずっと何年もここで体操をしている人が言うには、昔は白サギが営巣をしていたが、ある年に青サギが来て、白サギは林の北の端へ追いやられ、その後青サギばかりが来るようになったそうだ。体操参加三年目の私は青サギしか見ていなかったが、今年の二月にはまず白サギが来た。二週間遅れて青サギも来て、白は松の梢のてっぺんに、青は林の中くらいの高さに営巣している。西田川にボラがいっぱいいいて、餌には困らないらしい。

脈絡はないが、一票の格差について思う。衆参とも一票に二倍以上の差が出ないように選挙区を調整している。そもそも、「二倍」というのは適正なのか。白サギと青サギの、来年の勢力はどうなっている？　私は、林が枯れないのを祈っている。

あとがき

私の住む街、愛知県蒲郡市は、人口約八万人、南は三河湾に面し、北は低い山に囲まれた温暖な住みよい街だ。昭和二十二年から発行されている蒲郡新聞がある。週二回水曜と土曜の発行だ。水曜に載る人生雑話という小さいコラムがあり、私は二〇〇三年五月から書き手のひとりとして参加している。

このたび、二百篇あまりのコラムから百扁を選び一冊の本にまとめることにした。紙面の制約があった元々の原稿に、少しく手を加えた。

星越峠は、街の東のはずれ近くにある峠で、国道二十三号線と東海道本線とが通っている。

星越トンネルを東へ抜けると見える海が好きだ。大塚、御津の三河湾だ。若いころ、浜松の病院勤務をしていた時、帰りの電車のなかから、夕陽に輝くこの海を見た。美しいと思った。

小文集の名前を星越峠とした。

長らく、紙面に人生雑話を書かせてくださった蒲郡新聞社に感謝したい。

二〇二三年三月二十九日

井野佐登

著者略歴

井野佐登（いの・さと）
1948年　愛知県安城市に生まれる
1972年　名古屋大学医学部卒業
1975年　まひる野入会
1983年　第28回まひる野賞受賞
1988年　第一歌集『楕円の球率』（風琳堂）上梓
1995年　第二歌集『午後の心音』（不識書院）上梓
1997年　第三歌集『B区の海』（不識書院）上梓
1998年　第11回短歌現代歌人賞次席「額帯鏡」三〇首
2005年　第四歌集『しらたまほしくさ』（不識書院）上梓
2011年　第五歌集『朝の川』（ながらみ書房）上梓
2019年　第六歌集『自由な朝を』（不識書院）上梓
　　　　第10回中日短歌大賞受賞

現在　愛知県蒲郡市に在住
まひる野会員、現代歌人協会会員、日本歌人クラブ会員
中部日本歌人会会員

星越峠 hoshigoe toge 井野佐登 Sato Ino

2023.07.29 刊行

発行人　山岡喜美子

発行所｜ふらんす堂

〒182-0002 東京都調布市仙川町 1-15-38-2F

tel　03-3326-9061　fax 03-3326-6919

url　www.furansudo.com/　email　info@furansudo.com

装丁｜和　兎

印刷｜日本ハイコム㈱

製本｜島田製本㈱

定価｜ 2000円＋税

ISBN978-4-7814-1567-3 C0095 ¥2000E